初岸
true land

与
美
同
栖

义贼

[英] 凯瑟琳·朗德尔 著

陈修远 译

Katherine Rundell

国际文化出版公司
·北京·

图书在版编目（CIP）数据

义贼／（英）凯瑟琳·朗德尔著；陈修远译．－－ 北京：国际文化出版公司，2021.11
ISBN 978－7－5125－1316－7

Ⅰ．①义… Ⅱ．①凯… ②陈… Ⅲ．①长篇小说－英国－现代 Ⅳ．① I561.45

中国版本图书馆 CIP 数据核字（2021）第 122630 号

The Good Thieves by Katherine Rundell
Copyright:© Katherine Rundell, 2019
This edition arranged with ROGERS, COLERIDGE & WHITE LTD(RCW)
through Big Apple Agency, Inc., Labuan, Malaysia.
Simplified Chinese edition copyright:
2021 Chu'an Weiming Cultural Media (Beijing) Co., Ltd.
All rights reserved.

北京市版权局著作权合同登记 图字 01－2021－4615

义贼

作　　者	［英］凯瑟琳·朗德尔
译　　者	陈修远
统筹监制	文　钊　雷　格
策划编辑	文　雯
责任编辑	崔雪娇
特约编辑	张天心　卢倩倩
封面设计	今亮後聲HOPESOUND 2580590616@qq.com　赵晓冉
封面绘图	申青子
出版发行	国际文化出版公司
经　　销	全国新华书店
印　　刷	北京晨旭印刷厂
开　　本	787 毫米 × 1092 毫米　32 开
	10.5 印张　　　　　154 千字
版　　次	2021 年 11 月第 1 版
	2021 年 11 月第 1 次印刷
书　　号	ISBN 978－7－5125－1316－7
定　　价	35.00 元

国际文化出版公司
北京朝阳区东土城路乙 9 号　　　　邮编：100013
总编室：(010) 64271551
销售热线：(010) 64271187　　　　传真：(010) 64271578
传真：(010) 64271187－800
E-mail：icpc@95777.sina.net

献给

艾伦·霍尔盖特（Ellen Holgate），我的编辑

和克莱尔·威尔森（Claire Wilson），我的代理人

能与这样两位女性一起工作，何其有幸！

❋ 目 录 ❋

第一章
初抵纽约

维塔来回活动了几下下巴，然后冲着这座城市微微点头致意，就像拳击手在开打之前向对手示意那样。

此刻，她正独自一人站在甲板上。大海波涛汹涌，奋力向空中掀起足足有 30 英尺[1] 高的浪花，带着咸涩的味道。维塔的妈妈和远洋客轮上的其他乘客，早已非常理智地躲到船舱里去了。

然而时刻保持理智并不总是明智之举。

维塔悄悄溜了出来，站在露天的甲板上。客轮冲上一个足有歌剧院那么大的浪头，迫使她的双手紧紧抓住了栏杆。就这样，她成了第一个将这座城市尽收眼底的人。

1　英尺，英美制长度单位。1 英尺 = 0.3048 米。

"瞧，城市就在那里！"一名甲板水手喊道，"远处，在左舷那侧！"

灰蓝色的纽约城从雾气中缓缓探出身子来，城中的建筑物高耸入云，美轮美奂。维塔被城市的美景深深吸引，她不由自主地往前来到船头，以便好好地看个究竟。她把身子紧紧倚在栏杆上，尽全力向前探出身去。这时，有个什么东西冲着她的脑袋直直地飞了过来。

她倒吸了一口凉气，弯下身子迅速躲开了。一只海鸥正追逐着一只幼小的乌鸦，用嘴啄着乌鸦的背；它一边在半空中盘旋飞行，一边发出尖叫声。维塔皱了皱眉。这可不是一场势均力敌的战斗，她想道。她把手伸进口袋摸索着，随即手指紧紧捏住一颗翠绿的玻璃弹子。她瞄准目标，愤怒而快速地计算了一下距离和角度，抡起胳膊把玻璃弹子掷了出去。

玻璃弹子精准地命中了海鸥头骨后侧的正中心。海鸥像个恼羞成怒的公爵夫人似的，发出了一声惊叫；乌鸦在空中来了一个急转弯，然后回过身来向着纽约城中的摩天大楼加速飞去了。

母女二人从码头搭了辆出租车。维塔的妈妈小心翼翼地数出一把硬币，把地址递给司机。"就这些钱，请您开到离目的地最近的地方。"她说道。说这话时，维塔的妈妈特意清了清嗓子提醒司机。司机点点头，对她的用意早已心领神会。

曼哈顿在车窗外向后飞驰而过，在暴风雨猛烈侵袭下的砖石结构的建筑之中，迸发出明亮的色调。她们经过一家外墙装饰着葛丽泰·嘉宝照片的影院，旁边还有一个男子正推着手推车，兜售热气腾腾的龙虾爪[1]。一辆有轨电车发出隆隆的轰鸣声，呼啸着驶过十字路口，差一点儿就撞上一辆为"殖民地腌菜工厂"打广告的厢式货车。维塔呼吸着这座城市的空气。她千方百计想要熟记条条街道的方位和布局，想要将眼前的景象在脑海中画成一张地图；她轻轻地念叨着街道的名字："华盛顿大街，格林尼治大道。"

租用出租车的钱用光之后，她们开始下车步行。在

1　龙虾爪，龙虾的爪子，为常见的海鲜食材之一。

狂风中，母女二人提着行李箱，穿梭在那些身穿细条纹图案衣服的男人和脚蹬又尖又细的高跟鞋的女人之间，以最快的速度沿着第七大道向前进发。

"就是那里！"维塔的妈妈说道，"那就是外公的公寓。"

紧挨着那条人来人往的人行道，一栋高高耸立而又庄严雄伟的公寓大楼赫然出现在第七大道与西 57 街相交的街角处，整栋楼用棕褐色的石块建成。公寓大楼外，一个报童站在风中，声嘶力竭地叫喊着新闻头条。

街对面，紧挨着公寓大楼的是一栋精心装饰的浅红色砖瓦拱形建筑。建筑的外墙插着旗杆，两面旗子迎风招展。旗子上方，是用彩色玻璃拼成的"卡内基音乐厅"字样。

"看起来这里的一切都很……高档，"维塔说道。公寓大楼仿佛有种拒人于千里之外的神情。"你确定[1]是这里吗？"

"我确定，"妈妈说道，"他住最顶层，那里原来是

1　文中楷体字意在强调。后文不再赘述。

女佣住的公寓套间，会有点挤，不过我们不会待太久。"
她们的回程船票就订在三周之后。妈妈说，这段时间足
够她们把外公的文件整理好，收拾好他寥寥无几的东
西，再说服他跟着她们回家。

"来吧！"维塔的妈妈故意使她的声音听起来轻松
愉快，"我们一起去见他。"

电梯坏了，于是维塔几乎以最快的速度跑上了楼
梯，跌跌撞撞地向她外公的公寓冲去。在她向上疾跑、
穿过狭窄的楼梯时，她手中的行李箱哐哐地撞着墙壁。
维塔左脚的疼痛感加剧，她却毫不在意。到了外公房门
外，她上气不接下气，开始调匀呼吸。她敲了敲门，屋
里却没人应答。

维塔的妈妈跟在后面，气喘吁吁地登上最后一段楼
梯。她弯下腰，从地毯下找出公寓的钥匙。她犹豫了一
下，低头望着女儿。"我敢肯定，他的状况肯定不会像
我们担心的那么糟，"她说道，"但是——"

"妈妈！他在等我们呢！"

妈妈打开了门，维塔快步冲进门厅。然后，就在外
公卧室门口，她呆住了，浑身无法动弹。

一直以来，外公都保持着清瘦的体形，以长相英俊、身形瘦削为人熟知，他有着纤长的双手和一双目光敏锐的眼睛，眸子里显出蓝中带绿的光彩。可现在，他变得如此憔悴，眼窝也深深陷了下去，手指向里收缩成爪子一样，身上的每个部位好像都要告别这个世界似的。一根手杖靠在椅子旁边的墙上 —— 原来的他可从不需要手杖。

他还没有看到维塔，那一刻，外公的脸上布满了因深深的哀恸而引起的阴霾。

"外公！"维塔喊道。

他转过身来，他的脸顿时容光焕发。维塔再一次长舒了一口气。

"小坏蛋！"他刚站起身来，维塔就扑倒在他怀里。外公不禁笑了起来，被撞得岔了气。

"朱丽娅，"就在维塔的妈妈走进屋来的当儿，外公说道，"三天前我才收到你的电报，要不然，我根本不会让你来的 ——"

维塔的妈妈摇了摇头。"你说什么我们都会来的，爸爸。"

外公转身望着维塔。"再对我笑一下，小坏蛋？"

于是她笑了起来，开始还很自然，但他一直没有把视线移开，她的嘴咧得越来越大，直到似乎要把每一颗牙齿都露出来。

"谢谢你，小坏蛋。"他说道，"你笑起来还是和你外婆一样。"当看见泪水从外公的眼睛里夺眶而出的时候，维塔感到胃里产生了一阵紧缩感。

"外公？"

他咳嗽了几声，笑了笑，又清了清嗓子。"上帝啊，见到你们真好，但没这个必要。"

朱丽娅把维塔向门口推去，"亲爱的，去找你的房间吧。"她说道。

"但是 ——"

"拜托，"妈妈脸色苍白，疲惫不堪地说道，"现在就去。"

"走廊尽头的那间，"外公说道，"我感觉，与其说是房间，倒不如说是橱柜，不过风景还不错。"

维塔提着行李箱，拖着步子慢慢走过走廊。她注意到脚下的地板吱吱作响，墙上的油漆已经剥落。她先推了推屋子的门。屋子的门卡住了，于是她扶住墙，用比较有力气的那只脚一脚踹开了门，从墙壁上剥落下来的灰泥碎屑飞扬起来。

屋子太小了，她几乎一转身就能用手碰到四面的墙。不过屋子里有一个巨大的木质衣橱，以及一扇可以俯瞰街道的窗户。维塔坐在床上，脱下左脚的鞋，双手握住左脚，边按揉脚底板，边用手对脚趾进行按压和拉伸活动。她努力尝试着盘算该怎么办。

她们终于到达了目的地，她本该开心到极点的。因为她们穿过了大洋，跨越了半个地球，现在，纽约就在窗外恭候着她们。摩天大楼高耸入云，好像是某位极尽浮夸之能事的天神的墨宝。

但现在，这一切都不重要了。外公的状况比她担心的还要糟糕。他的状态每况愈下。

维塔的裙子口袋里装满了从家里花园中捡拾的石子，她拿出其中块头大的那些，挨个儿把它们向衣橱门扔过去。这可以帮助她思考。

如果有人在一旁观看，他也许会发现，石子每次都能丝毫不差地击中衣橱把手的正中心——可惜这时候没人在边上。维塔自己则根本没注意到，她的心思可不在石头上。

　　她一定得做点什么，让情况好转起来。她还不知道要做什么，也不知道要怎么做，然而爱正是如此，**在爱面前，我们别无选择。**

第二章
哈德逊城堡

　　就如大多数灾祸一样，外公的灾祸从天而降，令人措手不及。他发给维塔妈妈的电报只有短短几个字：你妈妈昨晚去世了。

　　维塔坐在门垫上，一动也动不了。她妈妈面如死灰，把她抱上床。在床上，她们边喝黑醋栗果汁，边给对方讲外婆的故事。外婆和外公一起周游世界，外婆笑起来会发出喉音，像水手一样。就如大多数故事一样，这些故事给了她们一点安慰。

　　然而这还不算结束，她们又收到了更多的信。第一封信的内容显得神秘兮兮，而且还语焉不详。外公写道：哈德逊城堡里充满了幽灵。

　　以城堡的标准来看，哈德逊城堡面积很小。维塔的曾曾曾外祖父把它从法国的山丘上连根拔起，接着又远渡重洋，一块石头一块石头地运到美国。在全盛时期，世人觉得它既宏伟又有点不可思议。时至今日，哈德逊城堡破败不堪，摇摇欲坠，却仍不失美丽。而外公，是整座城堡的唯一住客。

接着，希望悄然而至。外公的信里写道，有人主动提出要租用哈德逊城堡，想要把它改建成学校。外公将以校监的身份继续留在城堡里，这会给他找点事做，让他有点盼头。虽然还没有签署任何书面文件，但那个人已经迫不及待要开始整修工作了。他姓索罗托雷，是个来自纽约的百万富翁。

外公的信里附着一张剪报：一个男人站在纽约的高楼大厦前，摆出好莱坞明星式的露齿微笑，图片的说明文字写着"维克多·索罗托雷，在位于达科他地区的家门外"。

"维克多·索罗托雷……"维塔喃喃说道，同时把这个男子的相貌牢牢刻在脑海里，以备不测。

一周还没过完，索罗托雷就出手了。一天下午，外公散步回来，却发现家门已经进不去了。一个陌生男人带着两条看门狗从门房走出来，用步枪指着外公。"哈德逊城堡是索罗托雷先生的私人财产,"门卫说道,"滚出去!"

成年之后,就再没人对外公说过"滚"这个字。他试图推开警卫,一条看门狗一口咬在了他的脚踝上,那可并非作势咬人,而是切切实实咬进了肉里,血顿时涌了出来。接着,那个男子手中的步枪对准了外公的胸膛。于是,无所适从的外公只得乘火车来到纽约,在第七大道上租了一套小公寓,并找到了索罗托雷的律师。

这位律师露出了律师所特有的惊讶表情。他的眉毛抬得老高,都快挪到脖子后面去了。律师说道,外公明确知道他已经把城堡卖给了索罗托雷。钱已经到账了,非常非常少,只有 200 美元。但情况清晰明了,哈德逊城堡已经成了外公的负担,他很庆幸自己终于能摆脱它。外公查了银行账户,律师没说假话。

外公想给自己也雇个律师,好要求索罗托雷出示房屋产权证书,然而以他剩下的钱,却是什么律师也请不起的。在最后一封信里,外公写道,"公正,似乎只提供给那些付得起钱的人。"他现在要做的,是试着将那栋他出生时就住着的房子遗忘。除此以外,他还会努力遗忘他和丽兹在那里生活的点点滴滴，这样做会使得自己的身心较少受到伤害和折磨，外公这样写道。

一收到这最后一封信，维塔的心就猛地跳到了嗓子眼。哈德逊城堡是外公赖以生存的家，只有在那里，他才可以依靠着他对丽兹外婆点点滴滴的回忆，继续生活下去。"不能这样。"她喃喃自语。

维塔看了一下妈妈脸上的表情，妈妈的表情给了维塔希望。妈妈身姿柔弱，嗓音甜美，却意志如钢。她们有着同样的棕色眼睛，以及同样坚毅不屈的下颌轮廓。

第二天，妈妈从城里买回两张船票。"我们要把他带回来，不管他愿不愿意。船从利物浦出发，"她说道，"我们今晚就走。"

维塔发现，妈妈左手上的订婚戒指和结婚戒指都不见了。她没有多问，只是回到自己的卧室去收拾行李。她脚上的靴子噔噔地敲击着地面，像是一名战士，正要踏上征程。

维塔投石的本领是外公教的。

外公名叫杰克·威尔斯，或者，严格来说，他叫威廉·乔纳森·西奥多·马克西米利安·威尔斯——他来自一个热衷于长长的名字、长长的轿车以及长长的晚宴的家族。即便家道早已中落，然而要取一个极尽奢华的名字的习惯却保留了下来。外公的父亲是美国人，母亲是英国人，外公在英国受教育，做珠宝生意。他个子很高，走路会撞到门框，身材又极瘦，好像可以从密密的雨丝中间安然穿过而不被淋湿。

维塔五岁的时候，发生了两件事：一件事是她的爸爸死于第一次世界大战，另一件事是她患上了"小儿麻痹症"。妈妈以不休不眠、不屈不挠的斗志同疾病斗争。在医院的病床上，维塔度过了漫长而境况黯淡的几个月，她被人从病床上抱起来并用杏仁霜和氧化水洗澡，给她喝氯化金水和胃液素酒。她看起来比实际年龄要大得多。

后来有一天，外公外婆从美国来了。外公坐在她的床边，给了她一个乒乓球，对她说，当她能用球打中外科主任的时候，就立刻向他汇报。然后，他用珠宝商那只能够稳得纹丝不动的手，在病房远处的墙上画了一个极小的靶心。

打偏了，还是打偏了……终于，她打中了。

外公像培养运动员一样培养她。他本人就是名神枪手。维塔每天都要花几个小时扔鹅卵石、玻璃弹子、飞镖和纸飞机。七岁那年，她从医院回了家，这时候，她已经可以让切牛排的餐刀在空中优雅地旋转几圈，然后直直插入房间那头的小块黄油中了。

维塔长大了，她的骨头越来越结实，终于，她的腿部支架被拿走了。她的左腿肚子比右腿肚子细，左脚向内弯曲。一位鞋匠找到了最柔软的皮革免费为她做了一双鞋，妈妈用红丝线将鞋子边沿的饰面缝制出来，在上面绣上了小鸟的图案。穿上鞋她就可以跑步了，尽管鞋子会让她的肌肉拉伤并产生火辣辣的疼痛感。平日里，维塔受点小伤就爱抱怨，流一点血就要找绷带包扎，然而她从未将这种不同寻常的疼痛宣之于口。

瘦瘦小小的维塔就这样在岁月静好中长大成人，对周遭的一切显得小心谨慎。她有六种笑容，其中五种是真心的，但每一种都值得详察一番。她的棕色头发略带红色，好像一只刚刚沐浴过的狐狸。

维塔的妈妈朱丽娅只对维塔不断的投掷练习有过一次质疑。

"她的人生不会轻松的,"外公说道,"她看起来那么脆弱,她也许还是应该学学怎么投掷石头。"

到她八岁的时候,维塔可以在 50 步外击中苹果树最高枝丫上的苹果,可以在玩打水漂游戏时让石头弹起整整 23 次。"在家乡那边,你外公是镇子上最好的枪手,"丽兹外婆说,她个头高挑,鼻梁又高又挺,眼睛里充满着深深的善意,"但我觉得你更棒。"

外公看着维塔在海边练习肩上投球。"现在来学习一下关于速度的知识,学习一下空气是如何让物体旋转的。看书!学习!要尽可能地多学习知识,因为知识总能发挥作用!棒极了呀!"外公是维塔认识的唯一会在言谈间激发电流的人。他的存在之于世界,就如同一块打火石之于一片钢条。

最后,外公和外婆回到了美国,回到了哈德逊城堡。不久之后,天翻地覆,一切都改变了,维塔被带到了这里,带到了这个阁楼上的小房间,眺望笼罩着整个纽约城的落日余晖。

第三章
红色笔记本

第一晚的天空既无月色，又无星光。然而纽约从来都是一座不夜城。午夜时分，维塔起身，发现城市仍然清醒无眠。她穿过房间走到窗边，向外望去。公寓大楼很高，比周围的任何建筑物都高。楼下的街道一直向远方延伸，直到中央公园的幽暗处。街灯、剧场中观众席上的照明灯光、违法地下酒吧里通明的灯光、车前灯，甚至香烟头的火光，都在暗夜中闪烁着。曼哈顿震颤而闪闪发光。

维塔无论如何也睡不着。公寓楼隔壁的餐厅里，传来两把小提琴的琴声，以及一个男人聒噪而跑调的歌声。

街对面，在街灯的照射下，卡内基音乐厅的红色砖瓦变成了青铜色，建筑物的正面显得庄严肃穆。她眨了眨眼，仔细看了看。

就在这个瞬间，音乐厅的庄严肃穆被打破了。一个男孩正准备从三楼的窗户跳下去。

他吃力地爬上窗台，站在上面。他身材瘦瘦的，皮肤黝黑，长着一对招风耳。他并不向下看，而是往外看，向城市的另一边望着。

接着，另一个矮个儿男孩从大楼的边沿处跑了过来，他一边嘻嘻哈哈地笑着，一边用双手拖着一个薄薄的垫子，沿着人行道奔跑。随后，他放下垫子，大声喊道：

"预备！跳！"

站在窗台上的男孩将双手举过头顶，维塔还没来得及冲他大声叫唤阻止他，他就已经把自己抛向了空中。维塔屏住了呼吸。但就在这时，那男孩已经紧紧地蜷缩起并抱住两个膝盖，使之抵住胸口，然后身体在空中转了两圈，最后那男孩在适当的时候及时展开蜷曲的身体，身体保持笔直，平稳地脚先着地落到了垫子上。他向前跨了一步，先因步履不稳而跪倒在地，但随后又弹了起来。矮个儿男孩发出了一声胜利的欢呼，高个儿则微微一笑。

他抬起头，看见维塔把身体远远探出窗外，摇摇欲坠，窗台正好卡住她的肚脐。有那么一刻，三个人在黑夜中睁大眼睛，瞪着彼此。接着，高个儿男孩再次兀自露出了那种神秘的微笑。矮个儿男孩看到之后，大声笑了起来，并且敬礼致意。就在维塔要向楼下冲他们喊叫的时候，矮个儿的那个拉着垫子，两人从街转角处出人意料地消失了。

维塔看着下面空无一人的街道，目之所及，没有人可以证实真的有过一个高个儿男孩刚刚在此腾空而起。

"要记住他们，"她喃喃自语道，"以防万一，以防万一。"似乎她真的就有可能把他们忘记一样。

在纽约的第一个清晨，维塔是被窗外的音乐吵醒的。她吐了口唾沫在手指上，把蒙眬睡意从眼皮上抹走。她向窗外看去。一个戴着帽子的男子斜倚在路边的树上，不停地演奏着手摇风琴，他头上的帽子拉得很低，几乎罩住双眼。

阳光明媚，天空湛蓝，空气却很冷。维塔洗漱时呼出的哈气都凝结成了雾状。她穿上了暖和的针织衫和亮红色紧身裙，并小心翼翼地扣上了红丝绒靴子的纽扣，还用手指梳着头发。

外公坐在客厅的扶手椅上，怔怔地望着天空。当她走进来的时候，他才转过身来。她看得出来，他费了好大劲儿，才把表情恢复到往日的微笑中去。

"小坏蛋！早上好！你妈妈已经出门去找我的银行经理了，看看还能做点什么。她看起来像是要出征似的。"

维塔点点头。妈妈专注在某件事上的时候，就会像一艘不达目的决不罢休的军舰一样。

"她说她恐怕要经常出门办事，她要去更新我的护照，把我账户里剩下的钱转到一个英国账户里。所以我就要对你和你的行动负起责任。她让我发誓咱们俩都会理智行事。"他满含诧异的表情，耸起了一边的眉毛，"所以你有什么计划来进行下一步的行动？"

维塔说道："我要做香肠，再加点番茄酱。"对维塔来说，番茄酱就是令她感到不可思议的神奇之物，自从在船上第一次吃到之后，她就再也离不开了，天天大快朵颐。"你想来点吗？"

他摇了摇头："谢谢你，但我不用了。"

"那要来点咖啡吗？"维塔知道，在美国你就应该喝咖啡，她觉得咖啡尝起来就像是一团愤怒的泥土，但她知道不是人人都这么想。"其实我不太清楚怎么做咖啡，但我可以试着做做。"

"不了，谢谢。"

"我什么都做不了吗？"

"你在这里就足够了。"

但她知道这是不够的。原因很简单：就在她转身去厨房的那一刻，她看到外公的身体又向后瘫倒在了椅子里，眼中又透射出空洞茫然的表情。

她找到香肠，把它们放进了烤箱。她刚要把餐刀伸进装满番茄酱的瓶子，就在此时，她听到了外公叫她的声音。

"小坏蛋？你还在那儿吗？"

维塔用最快速度奔向外公身边，"在！"

"过来坐一会儿，让你的香肠先烤着。我有些重要的话要告诉你。"外公双眼中那咄咄逼人的眼神穿透了她的身体，穿透了外面的屋顶，甚至穿透了位于更远处的整座城市，怒火在他眼中熊熊燃烧。

"怎么了？"外公没有回答，于是维塔坐在地板上，把一只手放在了他的脚踝上。她发现，如果有个合适的人在你伤心欲绝时扶住你的脚踝，那么这很能起到安慰的作用。

"我需要你倾听，"他说道，"你一直是个很棒的倾听者。小坏蛋，为了你的安全，我需要你了解索罗托雷，我需要你知道他抢走了什么。"

"是你外婆让这座古老的城堡重新焕发光彩的，"外公说道，"她可以让那些根本什么都不该长的地方也生机勃勃。雕塑成野兽形状的滴水口旁边长满了野草莓，防盗栅栏和窗户的里里外外绽放着玫瑰花，连马桶旁边都长着一大串讨厌的常春藤。"说这话时，他紧紧合上眼帘，仿佛一切就浮现在眼前，而这让他痛彻心扉。

"我的曾祖父会以我为耻的。"外公说道，"他临死前以为他给我们留下了足够的财富：四轮马车、马匹、珠宝。那些珠宝啊！钻石、红宝石、蓝宝石，全都没了。我的祖父赌博输掉了大部分。但我做得更糟糕，我把我们的家给弄没了。上帝，如果丽兹知道了这一切，她又会说些什么？"

"她会说，这不是你的错，"维塔认真地说道，"我知道。"

"我们年轻的时候，过着多么荣华富贵的生活。最后的珠宝是一条项链，一个绿宝石吊坠，和狮子的眼睛一样大。我们请人估了价，当时我们需要钱来修屋顶，值几千美元。小坏蛋，如果你认识那时候的我们就好了，你该看看她戴上她的绿宝石项链，我们出门去跳舞的样子。"

听到这里，维塔尽量不让自己面露惊讶之色，不流露出哪怕是丝毫的兴奋情绪。"你是说，那条项链值几千美元？"

"她太美了，我拍了一张她戴着项链的照片 —— 我的丽兹，她爱那条项链。"他哽咽了，没办法再说下去，"在她去世之后，我不知道该拿它怎么办，所以我把它藏了起来，我不忍再见到那条项链。它还在那里，就在我们藏东西的老地方，哦，维塔。"他颤抖着深吸了一口气，努力使自己平静下来。

一条绿宝石项链。这个想法像电流一样穿过维塔的身体。她没办法拿回一栋房子，但一块绿宝石就另当别论了。一块和狮子眼睛一样大的绿宝石，值几千美元的绿宝石，会让一切都变得不同。

我可以拿回来。我可以偷回来。

我可以卖了它。我可以用这些钱请一个律师，强迫贼人们把外公的家还回来。

"不可能的，"她对自己说道，但是，她身体内的一个微弱的声音说道，"不可能，却并不意味着不值得一试。"

维塔把一个苹果放在抽屉柜上。她盘腿坐在床上，手握折叠刀，将注意力集中在苹果梗的顶部。

斑斓的色彩在她脑内闪过，她推开日常的想法以及处理不完的琐事，在头脑中寻找一个安稳的地方。外公经常说，"如果你的头脑做好了准备，那么主意就会最终找上门。"

"当然喽，"他补充道，"这个主意并不一定是可行的，也不一定是合法的。"

而在她头脑中渐渐成型的计划既不可行，也不合法。

她坐了很久，直直地盯着前方，大气都不出一声。她此生从未如此安静，脚上再也感受不到持续不断的、好似在敲击神经的刺痛，她的想法终于柳暗花明，从死胡同中走了出来。

维塔的计划在她的头脑中，以大写字母和斜体呈现出来，渐渐成型了。

维塔眨眨眼，晃晃自己的身子，然后啪的一声打开了折叠刀，狠狠地向房间那头扔了过去。虽然折叠刀的刀柄重量不均匀，而且折叠刀在空中还转了几圈，但是最终，刀刃砰的一声落下，正中苹果的中心。苹果滚落在地上。

维塔露出了她标志性的六种微笑之一。接着她从行李中找出一个红色笔记本，她的眼睛仍然因为专注而发着光，她在本子上写了两个字：

计划

她在这两字下面画了一条下划线。

接着，她把笔记本倒转过来，翻到反面空白的一页，随后开始写了起来：

就是在外公和外婆回美国的那天，我拥有了这把折叠刀。

我不想看着他们离开，所以我自己一个人去了树林里。我拿着一把石子，想要击打树上的节疤，但一直扔不中。因为我视线模糊。

身后的一个声音对我说："要集中注意力。"

我说："我集中了！"

他说："你很难过，还很生气，小坏蛋，我知道。但是如果你学着把怒气和悲伤转换成另一种东西——勤力和善意——你就会成为一个非凡的人。把你的悲伤和愤怒放在你手腕上，然后把石子掷出去。"

我说："我该怎么做？我不知道。"

他说："这是一个需要花一生学习的技巧。再试一次，想象把自己的悲伤从胸口抛出来，转移到你的手上。扔吧。"

我努力了，我把情绪压到我的手上，把石子掷了出去，我击中了树正中间的节疤。我转过身，他正坐在一个树桩上对着我笑。然后他对我说："闭上眼睛吧。"

他把一把红色的折叠刀放进了我的手里。

他说："在我还是你这个年龄的时候，我得到了这把刀。它名叫瑞士军刀，我要提醒你，你就是自己的军队。"

我打开它，刀面上已经完完全全抹上了油。一片长刀片，一把剪刀，以及一把可拆卸的钳子折叠在里面。

"把它当成工具，而不是武器。"他说道，"你生活中的武器不会是一把刀，不，应该是某个更强大、更独特的东西。但是钳子迟早会派上用场的，一把好钳子可不容小觑。"

他亲了亲我的额头，一言不发地转身离开。

那才是外公真实的样子。在外婆去世之前的他，在索罗托雷出现之前的他。

维塔在她的文字下面画了条线，把笔记本放在了枕头下。

很久之后，她才想起了烤箱里的香肠，尽管已经烤煳了，她还是通通吃下肚，就着很多番茄酱，接着又吃了一个苹果。这个计划一做出，就延续了以往计划的神奇功效，让她重新胃口大开。

第四章
索罗托雷

　　这天晚些时候，维塔离开熟睡的外公，偷偷溜出了公寓。这是她第一次独自一人搭乘出租车，她握紧大衣口袋里的拳头，心脏怦怦直跳。

　　维塔站在卡内基音乐厅外的街边，竖起大拇指以便叫出租车。第一次尝试就失败了，正准备停车的司机一看到她身边没有成年人，便掉头离开了。到第二辆车靠近的时候，她一把拽开车门，不给司机拒载的机会，自顾自一屁股坐到了后座上。

　　维塔把脸贴在车窗玻璃上。傍晚时分，街道熙熙攘攘。出租车穿过第 59 街，沿着中央公园西路向北飞驰而去。电影名字打在了电影院的灯牌上，《狂野比尔》正在热映。

　　纽约抓挠着维塔的神经。她把手伸进口袋，里面有一张外公借给她的城市地图，地图下面是她的折叠刀。她用手指紧紧握住它，这给了她勇气。

出租车猛地停在了人行道边，"达科塔公寓！"司机说道，"小孩儿，你到了。"

司机报出的车费听起来数额巨大，维塔知道美国人做什么都要给小费，却不知道具体该给多少，因此，最保险的做法就是把身上的钱都交出去。她下了车，沿着人行道向前飞奔而去。

她站定脚跟，然后仰望着眼前的建筑。大厦雄伟，四角建着塔楼和垛口，灯光从窗口倾泻而出，宛如一座城堡。

就在她呆立在那里的时候，一名银发男子和一个高个儿女人从她身边走过，迈着招摇过市的步态。突然卷起一阵风来，女人大声谈笑着，她抬起手来撩拨着头发，向上梳拢的发间插着一根镶满钻石的天鹅羽毛。

"别犯傻，亲爱的，也别没完没了地谈政治，"女人用浓重的纽约口音说道，"维克多的宴会总是极尽奢华。"

维塔撞上了大运，她的心猛地一沉，毫不犹豫地跟上前去，尽可能紧紧地跟住那两个人。男人和女人走过一道门，对着看门人点了点头（维塔有样学样，试着对看门人露出合适的微笑）。维塔跟着他们进了电梯，竭力装出一副傲慢而满不在乎的样子，好像她天生就该站在这橡木铺就的电梯里似的。女人低头瞥了她一眼，看到她的左脚之后便立刻背过身去。

走出电梯，他们步入一条走廊。走廊尽头是六级大理石台阶和橡木双扇门。两人敲了敲门，门开了，兴奋的尖叫声响起，同时一阵音乐声从门背后传了出来，随后二人走进屋内。几十个人谈天说地的声音也跟着消失在了门后。索罗托雷确实正在举办一场聚会。

"走，"维塔的直觉叫喊着，"我可以下次再来。"她思忖着，她的胃强烈地支持着这个想法。

然而她的双脚却意见相左。此时，维塔的脚比身体的其他部分更加勇敢。她不由自主地走上剩下的五级阶梯，然后她最勇敢的拳头在门上短促地快速敲了三下。

门立刻开了，一个手戴白手套、眉毛浓重、挂着职业般微笑的男侍者站在门口，一双和镜子一样亮的黑靴子倒映出他的鼻孔。

看到眼前的情景，他职业般的微笑荡然无存了。维塔的目光严厉而令人胆寒，她狠狠地盯着他。她感到自己被冻得脸颊发红，牙齿彼此紧紧咬合着，下巴不停打战。

"您好？您想做什么？"

为了显得高一些，维塔挺直了腰，"我想见索罗托雷先生。"她学着外公的样子，一字一顿地读出他的名字。

"他正在举办社交晚会，你应该能看出来。"在他身后靠左的双扇门背后，是维塔之前看到的房间，房间比她想象得还要大。双扇门之内人声鼎沸、笑语声喧，一直传到大厅里。"明天再来吧。"

"你能问问他愿不愿意见我吗？"

"你想让我把他惹恼吗？你想让我冒这个风险吗？"

维塔突然想到，也许她应该给自己留点钱。守门的侍者会不会是想要收点贿赂呢？

"如果他发现你把我打发走，也许会更生气。告诉他，我外公是杰克·威尔斯。"

守门的侍者死死地盯着她。他脱下手套，小指的指尖轻轻划过眼球，揉了下眼睛。然后他叹了口气："如果他生气了，我敢确定他的怒火准是冲着你来的，你得自己面对他的脾气。"说着，守门的侍者转过身去，并径直穿过灯光通明的房间。当他戴上手套的时候，维塔发现，在他的大拇指与食指之间，文着一只正在愤怒尖叫的猫。

维塔一个人留在了原地，她先是站着等待。然后，她推开客厅的门，屋内飘来香水、汗液和香烟的味道。

维塔目光所及之处仿佛是光怪陆离的万花筒。情侣们穿着艳丽的衣服，或是在房间中央翩翩起舞，或是站在角落里三五成群地交谈着。女人们戒指上的钻石大得能杀人，她们正疯狂灌着酒，放肆大笑着，个个在高高的颧骨上都涂上胭脂，无一不花枝招展。

室内温度太高，窗玻璃蒙上了一层雾气。尽管热浪滚滚，维塔还是打着冷战，所以她只得用胳膊将自己的身体环抱起来。笑声震耳欲聋，好像是在掩盖什么似的——也许是恐惧，也许是惊慌。聚会上的气氛热烈却透出紧张不安，与其说那些女人是血肉之躯，倒不如说是屋内的装饰品。维塔知道，因为禁酒令，在纽约饮酒是违法的。然而，一个目光死死盯着墙壁的女人瘫坐在椅子上，醉得站不起来。

　　几个人注意到了维塔，维塔意识到她们的目光快速落在她的脚踝上，流露出维塔熟悉的怜悯神情。她竭力保持镇定，怒目回望，一眼不眨，却感到自己的耳朵和脖子都涨得通红。

　　维塔正要小心翼翼地退回大厅，就在这时，一个女侍者说了声"借光"，端着一托盘香槟就从她身边缓缓挤了过去。她脸庞瘦削，个子很高，比维塔大不了几岁，梳着一条毫无光泽的白金色发辫。她耷拉着阴沉的脸，维塔尽量把身子贴着墙壁，侧身给她让路。

　　维塔在一旁看着，一个白发苍苍的高个儿男人伸手去拿最后一杯香槟。奇怪的是，这男人竟看起来有些面熟。女侍者行了个屈膝礼，托着空托盘回到人群中，这时，她自己绊了一跤，轻轻蹭了男人一下。她的手指滑过男人的左手腕，说时迟、那时快，他手腕上的腕表消失了。

　　维塔屏住呼吸，差点儿喊出声来，想要提醒男人他的表被偷了。就在这当口，那女孩引起了维塔的注意。女孩急切地摇了下头，转身便离开了。然而维塔还是看清了她的表情，她就像一只走投无路、被困在绝境中的小动物。

维塔还在犹豫。一个声音在她的右耳边响起。

"你是那个要见我的小孩儿吗？"

对她说话的男子长得和相片里不一样，然而维塔一点都不怀疑，这就是索罗托雷。

"是的，"她答道，"你是维克多·索罗托雷。"

他比她想象得要高一些。尽管身着精致的西服，可是他的指甲却被一直咬到指甲盖下面的皮肉，指甲缝中渗出血来。他的头发上精心涂了厚厚的一层润发油，黑眼圈很深，好像有人用大拇指蘸着墨汁在他的眼眶下面按了两下似的。他的目光落在维塔身上，她感觉自己的胸口紧紧缩成一团。

"你想干什么？"索罗托雷问道。她迟疑了一下，他继续说道，"你远道而来，不会就是为了告诉我，我叫什么名字吧？"他的嗓音有着美国式的低沉音调，还带着一点点欧洲口音和愠怒的语气。

"我想和你谈谈。"

"你闯进我举办的聚会，就是为了和我谈谈，让我帮你个忙？"他好像是在跟年龄要小得多的孩子说话。她直面着他的目光，眼睛一眨不眨。

"是生意。"她说道。

"生意！如果你想谈生意，你为什么不在工作时间来呢？"他愤怒地哼了一声，语气中透着残忍，"那样的话，我就能准备雪茄给你了。"他不停地上下打量着她，与此同时，维塔能觉察出索罗托雷仿佛在进行某种繁复而冷酷的算计，"既然你来了，那么咱们去找张办公桌，坐在皮沙发上谈吧。这样你会觉得我们真的是在谈生意。"

他领着维塔穿过人群。她用眼角的余光看到，那位发辫长及腰间的女侍者正脸色铁青地在欢笑的女人堆中穿梭，其中一位女士手腕上镶着钻石的手镯已经不翼而飞了。

索罗托雷在一位白发苍苍的男人身边停下了脚步。维塔认出了他，在渡轮里的美国报纸上，她见过这张脸。他是退休的政客，要不就是退休的警察局局长，现在则是一位城市开发商，还有着"顶级慈善家"的美名，报纸上是这样写的。"顶级慈善家"这种说法，听上去像一种皮肤病，但是想必不是皮肤病。

"一切还好吗，韦斯特维奇？"索罗托雷说道，"和路易的事情按照计划进行了吗？"

韦斯特维奇点点头，"应该没问题，是吧，迪林杰？"他身边站着一个年轻一点的男人，那人眉毛稀疏，呈浅棕色，脸色显得怏怏不乐。迪林杰涨红了脸，点了点头。

"应该是。"

"凭证呢？"索罗托雷说道。

迪林杰把手伸进胸前的口袋，从中掏出一个不大的褐色信封，把一枚金色的图章戒指倒在手心里，然后把手掌伸到索罗托雷面前，说："在这里。"

"好的，"索罗托雷拿走了戒指，"我得先搞定这个——"他用手指了指维塔，"但我用不了多久就出来。"

"不用为我的事着急。"韦斯特维奇低头看着维塔，露出了那种不喜欢也不信任孩子的人的笑容。

索罗托雷把她领进一间铺着木地板的昏暗房间。炉火冒着烟，味道很奇特，仿佛他把香水喷在了木头上似的。维塔使劲摇了摇身子，在口袋里活动着手指。聚会和烟味让她头晕目眩，心神不宁。

房间角落突然的动静吓得她跳了起来。

"别去管那些动物。"索罗托雷说道。

她望过去，从沙发后面钻出来两只乌龟，一只小得像用来盛小吃的碟子，另一只则和自行车轮一样大。抛光的木地板有些打滑，两只乌龟小心而缓慢地移动着。当它们靠近的时候，她惊讶地发现它们的壳上镶着宝石。大的壳上用亮晶晶的白色宝石拼着"IMPERIUM"，更令她震惊的是，小的那只壳上用红色宝石拼着"VITA"。

"红宝石，"索罗托雷说道，"白色的是钻石，不是特殊的高质量克拉钻，但我觉得很迷人，'Imperium'在拉丁语里是权力的意思，"说着，他迅速把眼皮耷拉下来，"'Vita'则意味着生命。权力就是生命，生命就是权力。"[1]维塔皱起了眉头。"只有掌握权力的人才是真的在享受生活，我可不想忘记这点，这些宝石使得我对此记忆犹新。"

"它们不疼吗？"维塔问道。

1　主人公的名字恰好也是 Vita（维塔）。

"疼？你别说疯话了，它们只不过是动物而已。"

炉火的两边各放着一把扶手椅。索罗托雷把图章戒指放在壁炉架上，然后坐在了一边的椅子上，并示意维塔坐在另一边。她如释重负地坐下，她的一只脚直打战，开始隐隐作痛。

"现在，告诉我你来这里要干什么。"他声音里的诙谐意味消失了。

"我是杰克·威尔斯的外孙女。"她说道。

他叹了口气："我当然知道，否则你早就被撵到街上去了。"

"我来这里是为了——"维塔竭力让自己的声音听起来强硬而正经，"为了看关于我外公房产的文件。"然而她发出的声音却又尖又细。

小一点的乌龟突然在索罗托雷的脚后跟咬了一口，他惊愕地发出嘶的一声，把脚往后一踢，乌龟被从涂了清漆的地板上快速甩了出去，撞在墙上，仰面朝天，四肢在空中晃动着。

"你的乌龟！"维塔说道。

"怎么了？"

维塔没搭腔。她站起身，穿过房间，努力向索罗托雷掩饰着自己一瘸一拐的步伐。最后，维塔把乌龟翻了过来。索罗托雷发出一声不悦的笑声。

"我看出来了，我家里来了个小圣方济各[1]啊。你说你要看看文件，是什么意思？"

"我想要你证明你以合法的手段购买了哈德逊城堡。我想要看文件。"

"证明？你想要一个成年人听小孩儿的命令，和你玩过家家的游戏吗？"

在索罗托雷喋喋不休的时候，他并没有直视维塔的眼睛，维塔感觉到自己心中的怒火已经烧得和他一样高了。在油光锃亮的头发和金色腕表的掩饰下，索罗托雷就是个不折不扣的骗子，她对此深信不疑。"你拿走了我外公的房子和里面的一切！"

"'拿'这个词不恰当。是他卖给了我——我承认，我给的钱很少，但那是他的选择。我不知道你明不明

1　圣方济各（1182—1226），天主教方济各会和方济女修会创始人。他主张慈爱，关注人间疾苦，反抗天主教的黑暗统治，帮助人们恢复对宗教的热情。

白，城堡是建在一个非常罕见而美丽的观赏湖中央的。如果不把握住机会，那么我就太傻了。"

"不，他说他只是把城堡租给你 ——"

"你是在指责我说谎吗？"

熊熊炉火的嘶嘶声和房间的味道让维塔感到一阵恶心反胃。突然间，一个又一个念头无法遏制地闪现在维塔的脑海中，当脑海中的迷雾越来越浓的时候，在绝望之下，她决定换种说辞，"至少应该让他回去收拾一下他的东西吧，房子里有一条绿宝石项链，如果你不让他将项链取回的话，那么你就是犯法 ——"

维塔努力收回了心中想说的话，然而索罗托雷看起来根本不在意。他站起身来，瞟了眼镜子，重新梳理了一下他那从前额耷拉下来的、油光可鉴的头发。

"我没时间和你开玩笑，"索罗拖雷站了起来，"我带你出去。"

"不！"维塔定了定神，努力让自己振作起来，努力记起她知道的真相，"你是一个小偷！"

索罗托雷盯着维塔，维塔被他的眼神震慑住了，那眼神似乎将维塔一直推向扶手椅里。

"你刚刚说什么？"

"我说你是一个小偷。"维塔说道，声音只比耳语大一点。

"你好大的胆子！"他低声说。

他看起来充满嫌恶。维塔想到他会否认，却没想到迎接她的是熊熊怒火，因此她竭尽全力不让眼泪掉下来。

"你知道那些到我家里来，当着我的面指责我撒谎的人的下场是什么吗？"

维塔还没来得及回答，就听到了敲门声，管家把头伸了进来，"韦斯特维奇先生要离开了，先生，他想在走之前再和你谈一小会儿。"

索罗托雷骂了句脏话，咕哝着踱步出房间，一眼都没看维塔。

维塔的胸膛在发热，但她强迫自己站起身。"起来，"她喃喃自语道，"不要这么没用，你就是为这件事情有备而来的。侦察。你必须对敌人了如指掌。看看四周，有些东西，乃至于任何东西都可能是有用的。"

书桌上放着一叠文件，至少有 15 页。她双手笨拙地翻阅着文件，每份文件的顶部都写着"买卖契约"的字样，所有交易额都惊人地只有 200 美元。她困惑地发现，买方都不是索罗托雷，而是一些公司，这些公司都被人刻意起了很无聊的名字。她翻了翻：合宜建筑公司要购买哥伦布大街上的古老旅馆，北曼哈顿公司意欲收购坐落于东 23 街上的一栋拥有"建筑价值"的公寓大楼。名单很长很长。

维塔穿过房间，走到壁炉前，看见壁炉上面放着几张请柬和一张漂亮女人的相片，上面签着："亲爱的 V！爱你，莉莉安·吉什。"接着，她拿起一枚索罗托雷之前放在壁炉上的戒指。在戒指的金片上面镂刻着"LZ"字样的姓名首字母缩写，在火光的映照下金光夺目，熠熠生辉。戒指对她的其他手指来说太大了，于是她只得把它戴在拇指上。然后，维塔伸开拇指，让戒指展示在眼前，注视着这枚戒指发出的红黄色的光。

门外传来了脚步声，维塔用力想把戒指从拇指上拔出来，却发现戒指卡在关节下面。门把手转动了一下，维塔咬住戒指，试图用牙齿把它扯下来。门开了，她惊慌失措地把左手塞进口袋，然后飞也似的冲回椅子边，一屁股重新坐在了椅子上。

索罗托雷走回屋子，这一次却显得神色悲伤。"现在，小孩儿，听我说，你看看你周围，我认为，你应该发现我很有钱。"

维塔不需要看，整间屋子就像是用钱堆出来的一样。

"我为什么要偷？你外公说城堡是个负担，他想摆脱这个负担，于是我买下它。当个聪明的商人不是犯罪。城堡是我的，我既不会把它还回去，"说着，他的目光变得暗淡了，"也不会让这件事传遍全城，我可不想让人们把我说成是惯偷。"

"外公发誓说他没有！他不会骗人的。"

"他撒谎了，他骗了你，因为他后悔了，因为他很尴尬，因为他感觉自己是个愚蠢的老头。"他的声音抑扬顿挫，忽高忽低，确切说是一种催眠的语调，一种带小舌喉音的语调，显露出阴险邪恶的语气。"他撒谎了，因为他就是个愚蠢的老头。"

"他没有撒谎！我了解他！"然而，恰在此时，一丝疑虑不知不觉之间占据了维塔的心田。维塔能够听到这种疑虑，因此她的语调不够斩钉截铁。

"在你的内心深处，你其实明白我说的关于你外公的情况都是事实。我想，如果你说出来，那么你也许会好受点，你的外公撒谎了，再说一遍，放慢语速，说：'我的外公撒谎了。'"

"他没有撒谎！"

"因为一个老头的错误，你幻想并编造了一个关于不公正和罪行的故事。承认吧，说出来，嗯，说呀：'我外公撒谎了。'"

恐惧感，窘迫感，以及一种无比陌生、无法言说而又无法辨别清楚的东西，将维塔的心灵彻底淹没了。

"放弃吧。"处在阴郁而无望的内心深处那个尖锐而苦涩的声音低声说道。说他撒谎了，你就再不需要担心了。可怜而愚蠢的外公啊，你可以把他带回英格兰。你可以将计划置之脑后。就这么简单。

说出来，你就解脱了。

炉火摇曳着，维塔把身子往椅子深处缩了缩。她咬着嘴唇，忍住不出声，她摇了摇头。

"你会感觉好受得多的，维塔，跟我说，'我的外公撒谎了。'"

维塔张开了嘴巴，准备说话。

第五章
希尔克

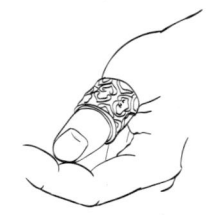

走廊那头传来一声巨响，脚下的地板晃动起来。

顿时，索罗托雷像中枪一般猛地一抖，向门口冲去。对这突如其来的戏剧场面，宴会大厅里的客人们惊喜地叫了起来。

"那是什么声音？"头发里插着缀满钻石的羽毛装饰的女人喊道，"听起来好像是一块冰被敲碎了，难道是那个小姑娘让你心碎了？"

书房的门砰地关上了，留下维塔一人站在房间中央。她上唇渗出了汗珠，好像刚刚跑了几英里似的喘着粗气。

接着，窗户被猛地向上推开，一个女孩从窗台爬了进来。

"走吧！"她说道，"快点，这边。"

是那个当侍者的白金色头发女孩。

维塔望着她："发生了什么？"

"等下再说。先从窗户出来。"她的口音不像是美国人，反而像爱尔兰人，或许还带点英国口音，"来吧。"

"我们离地面太高了！"

"来吧，走消防通道！"

维塔跑着穿过房间。开着的窗户通往一个金属阳台，阳台下有一架金属长梯通往下面的平台，再底下又有更多的平台和梯子，彼此都按照整齐的顺序搭建而成，再底下就是地面。

维塔双腿一蹬，从窗台边缘纵身跃了过去。

"还要稍微快点。"女侍者朝掌心啐了口唾沫，领着她从第一架梯子滑了下去，手脚敏捷，充满自信。最后一架梯子悬空在人行道上方，女孩在半空悬了片刻，最后松开手落了地。维塔的头发被风吹进眼睛里，她抓住梯子，数着一二三，松开了手，身子往下落。她试图让右腿着地，然而即便如此，她的左脚还是被一阵电流一样的感觉刺痛。她弯下腰，揉了揉脚踝，把脸藏在头发后面，掩饰自己的痛苦。

"那声巨响是怎么回事？是你干的吗？"维塔说道。

"我们换个地方说话，"女孩说道，"来！"

她们穿过马路，混入人群，离达科塔公寓越来越远。

每走一步，维塔便感到左脚一阵阵疼痛。她越来越没耐心。"告诉我发生了什么！"她说道，"现在就说，要不我要喊了！"

女孩叹了口气："我一直在窗外听你们说话。"

"为什么？"

"因为你发现了我，我在工作。"

"偷东西？"

"是工作。你什么都没说，但我想确保你不会告密。所以我偷听了你们说话，索罗托雷一直在试图忽悠你。"

"忽悠我？"

"对啊，我知道行骗老手的话听起来是什么样子的。"

"你怎么知道的？"

那女孩的语气显得很惊讶，说："嗯，我就是其中之一啊。"

"我以为你是个扒手。"

"都是。我还撬锁呢。"

"真的吗？"

她们走过一个蓝色邮筒的时候，女孩从袜子里抽出一根长而薄的金属片，对着邮筒正面的锁眼弯下腰。"是啊，是真的。"果不其然，邮筒咔嗒一声开了。

维塔在她身后瞥了她一眼，问道："你在干什么？"

"有时候信封里会装着钱。但这工作不干净，因为你不知道你偷的是谁的钱。我不会那么做，我再也不会那么做了。"

"快关上！"维塔说道，"别人会看见的！"

女孩用脚一踢，把邮筒关上了。"我小的时候靠骗人谋生，那太糟糕了，那是世界上最糟糕的工作，甚至比偷窃信件还糟。但我学会了如何像索罗托雷那样说话，如何一边表现得受人误解伤害、善解人意、宽宏大量，一边撒下弥天大谎。"她瞥了眼身后，看到一辆车减了速，于是拽着维塔来到另一条街上。"你注意到他生气的样子吗？当你做错事情的时候，最好的防御就是愤怒。"

"我当时站在窗外，心里感到纳闷：为什么一个成年人要忽悠一个小孩儿？我想我应该出手，施以援手了。"

"所以你干了什么，弄出那么大的声响？"

"我在制服上洒了点红酒，这样就有去厨房拿布的借口了。然后我在一个房间里看到索罗托雷的白瓷雕像，他的脸看起来那么帅气，那么高尚，这情景真让我想要踹上一脚。不过，事实是我只是轻轻推了一下，一阵风也会是同样的效果嘛，然后雕像就在地板上摔碎了。"

"啊！"维塔说道。

"然后我就接着往回爬到窗台上把你拉了出来，"她上下打量着维塔，"所以，你当时在做什么？"

"那人偷了我家的东西。我想要回来。"

女孩用眼睛盯着维塔。"要回来？"她轻蔑地哼了一声，"听着——我是以一个小偷的身份说这句话——你真是疯了。要回来！你在包厘街 3 分钟都活不下去。"她看起来有点生气，"你对真实的世界一无所知，难道不是这样子吗？你这样的人总是非常危险！"

"像我这样的人？"维塔怒火中烧。

"愚蠢！幼稚！充满希望！"她们转过街角，女孩突然停下脚步。"不是这边。"她说道。

两个比维塔大几岁的男孩斜靠在一扇门边。

"他们是谁？"

她突然转过身去，"我不想和他们说话。"

一阵喊叫声和两个人的奔跑声从她们身后传了过来。"嘿，嘿，希尔克！"

女孩对着街对面的人做了个粗鲁的手势。"阿奇，走开！"她叫道。

"是在叫你吗？"维塔说道，"你叫希尔克？"

那个高个儿男孩开始奔跑，"希尔克，嘿，你别走啊，你还欠我们东西呢，你今晚都拿到什么玩意儿了？"

然而希尔克已经一路飞奔、穿过马路，消失在了熙熙攘攘的人流中。两个男孩尾随着她，留下维塔一人呆呆站在黑黢黢的街道上，头脑里像有一团乱麻，无法进行有条有理的思索。

维塔想着希尔克的说法："愚蠢""幼稚""充满希望"。她不觉得她自己幼稚，准确地说，她也不觉得自己充满希望。在她的腹腔和胸腔里，燃烧的并不是希望，而是坚定的决心。而且，维塔也根本不愚蠢，她可以感知到自己开动的大脑在飞速旋转，计划、图表、故事，尤其是计划，在她的脑海里一一成型。

她把地图从口袋里拿了出来，向着包厘街的方向走过去。

T

维塔回家的时候遇到了点麻烦，维塔解释说，她在勘察城市的时候完全忘记了时间，加上妈妈已经筋疲力尽，所以大体上来说，没怎么严厉训斥她。

维塔回到卧室，拿出她的红色笔记本。她看到手上的那枚戒指，感到一阵愧疚。她从浴室里找了一些洗浴皂，然后涂抹在大拇指上。这样，才小心翼翼地把戒指慢慢摘了下来，并藏在大衣口袋里。

她把钢笔灌满黑色墨水，弄得满手都是。她狠狠咬着嘴唇，血渗了出来。她开始写道：

在包厘街的一家当铺外面，我找到了那个女孩。她本不想听我的故事，但我逼着她听完。我告诉她，如果她不花五分钟时间听我讲完，那么我就要去报警。我并不为我这种做法感到骄傲，但我还是这么做了。我需要这么做。

我说："我有一个计划，我需要帮助，我会付钱给你。"

我把关于哈德逊城堡的一切都告诉了她。虽然我从没去过那里，但外公已经给我讲过无数遍了。

我告诉她：那里有一个湖泊，城堡就恰恰建在了湖中央。我告诉她，在1888年的盗窃抢劫案之后，我的曾外祖父就在每扇窗户上都装了防盗栅栏，并且在每扇门上都安了撬不开的锁。外公称呼城堡为"古老的堡垒"，没有人可以从那里毫无障碍地进进出出。

我把我的计划告诉她：

我们要把外公的绿宝石偷回来。

要硬闯进城堡是断断不可能的。然而，幸运的是，我们不需要那么做。

外公说，绿宝石藏在家里专门用来藏东西的老地方。也就是说，宝石藏在有围墙的玫瑰花园里喷泉旁的石板路底下。城堡有两只会咬人的看门狗。所以我需要找人来驯服它们。

她说："你可以直接杀了它们。"但我没搭理她。

整个花园四面都有围墙，所以我需要有人帮我翻过去。

外公说，玫瑰花园的门上有一把和你的头一样大的锁。我需要有人帮我撬开它。

我需要一个团队。我们将乘坐深夜的火车离开纽约，因此那时天色还很黑。我们需要闯进花园，把绿宝石挖出来，再闯出花园，最后在正午之前回到中央车站。没有人会知道我们去过那里。

我们会卖掉绿宝石，聘请一个律师，把城堡拿回来，这样的话，外公才会有个家。他也才能够继续生活下去。

希尔克拒绝了。

她紧绷着脸，充满怀疑地听维塔说完这番话。"我现在一点钱都没有，"维塔说道，"但一旦我们卖了绿宝石，就有钱付你一笔不错的报酬，一笔像样的报酬。"

希尔克还是摇了摇头，眼睛里有着超出年龄的成熟。

"不。即便这计划不是这么疯狂，我也不会答应。

顺便说一句，它绝对疯狂。我的底线是：我从不和别人合作。我从不拉帮结派。"

"从不？"

"是的。有人早就向我提过类似的要求了。"

"但是如果——"

"我不想听'但是'和'如果'。我不可以被捕。你明白吗？我不可以。警察会想要搞清楚我的监护人是谁，然后他们会发现我根本没有监护人，最终在你说'但是如果'之前，我就会被人送到福利院监护起来了。"

"可我这次的情况不一样。我有严密的计划。我很会做计划。"

"你以前偷过东西吗？"

"嗯，没有，我应该算是没有偷过东西——"

"那就得了。每次和新人合作都会加大我被捕的概率。所以说，不可能。"

"那么那些男孩呢？我看到你和他们在一起——"

"我不和他们一起工作。我欠他们钱，至少他们是这么说的。一旦还清我欠的钱，我就会金盆洗手，再也不小偷小摸，再也不溜门撬锁，再也不干了。"

"我明白！在上次聚会上，我就看出来了，根据你当时的脸色可以判断，事情不是那么简单的。但是这次情况不同 —— 这次是要把失去的偷回来。"

"不行。"

"如果我说我已经琢磨出一个办法，让你根本不可能被抓，那么你会考虑跟我合作吗？我真的想到了一个办法，我发誓。"

"不行。"说着，希尔克快速离开了，她的背影成了一个事实上的句号，"别再来找我。"

然而维塔并没有把这句话写进红皮笔记本里，因为遭到别人拒绝，并不是她所期待的回答。

第六章
卡内基音乐厅

第二天早上，太阳还没升起，维塔就早早醒了。一个被心中埋藏的愿望逗引的人，是很难安眠的。她不停地用拇指上下摩挲着红色笔记本的纸边。

维塔从行李箱里找出了一副爸爸原来用过的双筒望远镜，一个镜筒已经碎了，于是她干脆当成单筒镜使用。她穿过房间，走到窗前，向外望去，本以为会看到几个人睡眼惺忪，拖着疲惫的身躯，赶着去上班。

然而，维塔却只看到了一匹白马。在中央公园旁的第七大道上，出现了一匹白马，看上去只比一块斑点大一点。黎明时分，在这座灰暗城市空荡荡的街道上，这匹白马向前飞驰。马背上没有马鞍，骑马的男孩未着大衣，在马背上低头弯腰，迎着刺骨的寒风大笑着。一只黑鸟在他头顶飞翔，与他齐头并进。

维塔将身子进一步探出窗外，用那只完好无损的镜筒追寻着。男孩的毛衣是鲜红色的，甚至在黑暗中也发出亮色。维塔猛然发现，原来那就是卡内基音乐厅前的男孩。不是腾空而起的那个，而是那个矮个儿的白皮肤男孩。他下垂的头发遮住了眼睛，可依旧向前佝偻着身子，臀部朝空中翘起，驱策着马向前奔驰。维塔从没见过跑得这么快的马。

维塔没给自己留下片刻时间去思考何为明智之举。她飞速地套上裙子，换上针织衫，戴上围巾，左脚还在因为昨晚的奔走而阵阵作痛，所以她小心翼翼地慢慢把靴子套了上去。接着，她披上那件曾经属于妈妈的象牙色军用雨衣，这件衣服现在从手腕到腰身都改小了。她把军用雨衣像盔甲一样裹在身上，将红色笔记本揣进口袋，然后步出公寓，走入城市。

她到楼下的时候，正好看到在那男孩驱策下、沿着街道慢跑的白马突然停了下来。男孩翻身下马，落地后又俯身对着马耳语了几句。接着，仿佛要护送白马去听巴赫的钢琴协奏曲一样，他步履沉着地领着马走上人行道，朝卡内基音乐厅高大的前门走去。

"等等！"维塔喊道。

好像罪行被人突然觉察了似的，男孩倏地转过身来，脸涨得通红，但他看清楚来者何人时，便咧嘴笑了。

"拜托！别这样！我还以为是我爸呢！"

他的口音很重，听起来不像是英国人，也许是西班牙人？维塔想道。她横穿街道走向他，开口问道："你在做什么？"

"把'莫斯科'带进去。"他说道。

"他是俄罗斯人！"她想道。

"它该饿了。"男孩说道。他既不高也不魁梧，不过他的笑容是那样明媚，仿佛能点亮几乎整条街道和半片天空。"我们可不能被抓到。"

"它不能得到准许，在街上溜达吗？"

"不是它不能得到准许的问题。它应该每天出来锻炼两次，但不该是我带它出来，这活儿本来是塞缪尔的。还有，我其实应该从后门把它领进去的。"

维塔用手抚摸着马鼻，和天鹅的绒毛一样柔软。"你好，"她小声说道，"我没想过会在今天见到你这么美好的事物。"

一阵风吹起了莫斯科的鬃毛，男孩打了个寒战。维塔扯下围巾递给他，她本以为他会礼貌地拒绝，没想到他咧嘴一笑，把围巾围在了脖子上。

"多谢！你叫什么名字？"和一般人不一样，他没给她回答的时间。"我叫阿尔卡迪，我之前见过你，是不是？塞缪尔尝试两周抱膝转体、飞出窗外的那次？"

"我会在街对面住几周，我叫维塔。"她抚摸着莫斯科不断起伏的侧腹，"它住在哪里？"

阿尔卡迪笑了，"你想来看看吗？"

他没等维塔回答。他不像是那种有耐心等待的人。阿尔卡迪对着马弹了一下舌头，发出了咔嗒声。马像忠犬一样，如影随形地尾随着男孩，跑上人行道，进了卡内基音乐厅。维塔紧随其后。

阿尔卡迪推开一扇高大的门 —— "我没上锁，"他说道，"别告诉我爸。"说话之间，维塔不知不觉来到了卡内基音乐厅的接待处。

如果你身边有大象的话，你就会知道音乐厅宽敞的弧形楼梯足够三头大象并排站立。金色的栏杆在清晨的第一缕阳光下闪闪发光，金色的光线映照在头顶的水晶吊灯上，售票处在远处的墙边排成一列。这里的一切都纤尘不染。维塔看了一眼自己的指甲，把手背在了身后。

"这边走，"阿尔卡迪说道，"在我被抓到之前，我得先把莫斯科带回它的马厩去。"

他们奔跑的脚步声响彻整个大厅，莫斯科紧跟在他们后面，马蹄发出咔嗒咔嗒的声音。敞开的电梯门是闪闪发亮的桃花心木门，里面很宽敞。阿尔卡迪把马牵了进去，维塔跟着进了电梯。

"马厩……在电梯里？"

"当然不是，是在三层。"阿尔卡迪按下了楼层按钮。他们从电梯里出来，然后快步穿过一条长长的走廊。他似乎注意到维塔惊诧的样子。"巡演的时候我们一般带着帐篷，外加一个专门给动物住的车厢，但到了冬天，我们会在剧院里演出。有几家人租公寓住，至于我父母还有其他几个人，我们住在剧院上面。"

维塔惊讶地环顾四周。"所以，你在卡内基音乐厅表演？"

"当然！每天晚上 7 点。当然不是我啦，我到了 14

岁他们才会让我表演的，但我的家人会演出。"

"你巡演了多久了？"

"一辈子！好久好久！从我孩提时代就开始了。"他看起来很惊讶。"你没听说过拉扎伦科马戏团吗？你是住在山洞里，还是大坑里？要不就是比利时？"

"不，在英格兰。"

"啊！"他说道，好像这四个地方差不多似的。他推开走廊尽头的门，让马进去。"这是金色舞厅，等歌剧演完之后，你可以租下这里来举办聚会。"

*丝丝缕缕*的晨光挤进房间。墙上挂着几个直发女人和小胡子男人的画像，这些人看上去正在发出沉闷单调的声音，仿佛他们早已精准地把握住了古老的音乐旋律的神韵。

莫斯科在木质地板上一溜小跑，穿过房间，来到了角落里。那里堆着高高的稻草，放着一个水槽，水槽上方是乔治·华盛顿的画像。它开始饮水，阳光打在它雪白的腹部，闪着银色的光。

"它太美了——"维塔说道，但阿尔卡迪打断了她的话。

"嘘，"阿尔卡迪说道，"等等。"他吹了声口哨，叫道，"Ko mne（过来）！"

维塔还没来得及让他翻译，一只庞然大物咆哮着从远处的角落冲了过来。

它径直扑到阿尔卡迪的脸上，维塔倒吸了一口冷气，寻找可以掷出去的东西。

那家伙把它的一对爪子搁到阿尔卡迪的双肩上，然后就开始想要舔阿尔卡迪的鼻孔了。

"它叫科克。"阿尔卡迪说道。他大笑着推开了它，"科克，坐下！它是条流浪狗。我几个月前在中央公园找到的，我父母让我收留了它。嗯，反正我妈同意了。其实我爸不知道它在这里，他一般不到这儿来。"

科克的毛色是金黄中透出白色，它的块头足足有一头熊那么大。科克的体格硕大无朋，即便坐着，它的头一旦扬起来，也有维塔的肋骨那么高。

"它是什么品种？"维塔战战兢兢地伸出手，于是大狗就拿嘴巴蹭着她的手掌。它的鼻子又软又湿，像一缕风一样轻柔。维塔在狗耳朵后面搔了搔，大狗显得惬意十足，发出了"呜"的一声。

"是杂种狗。最棒的狗都是杂种狗。我完全有把握确定：它有阿尔萨斯牧羊犬血统和拉布拉多血统，它爸爸应该是高加索犬。看着！"

他把两根手指当作枪，然后用它们指着狗。

"砰！"

科克踉踉跄跄地向后退了几步，侧身瘫倒在地上，发出一声哀嚎。阿尔卡迪大笑了起来，拍了下手，其结果是：大狗用后腿站起身，仰着头庄严地向前走了几步。接着，大狗在地上滚了几圈，然后转了个身倒退回去。这当口，男孩基本没做什么动作，而科克却仿佛与他心意相通似的。

"它太机智了！太聪明了！"维塔说道，"而且它长得像国王一样。"

阿尔卡迪突然对她笑了，"我知道，绝大多数人都怕它，因为——"

"因为它块头大得能吃人，吃完之后，肚子里还有余地，能再来点甜点？"

"可不是吗！不过，它只是轻轻咬过我一次，那是在我第一次见到它的时候，那也只是因为它害怕了。而且，还算好，不管怎么说，我的皮肤基本都长回来了。蠢啊！"阿尔卡迪说，"但你不蠢。"他用眼睛仔仔细细地上下打量着维塔，领会着她凝视的目光中蕴含的专注神情。"那么，既然这样的话……"

"既然怎么样？"

"我可以给你看看我的秘密。"

"这条狗还不算是你的秘密？"

"不算！"

他穿过房间，推开了大窗，然后吹起了口哨。

维塔的第一反应是他们被袭击了，而袭击他们的东西长了翅膀。原来，几十只鸟轻快地低低掠过，并从窗口闯了进来，随后挤满了整个舞厅，它们有的落在画框顶部，有的喝着马槽里的水，还有的纷纷聚集在阿尔卡迪的头顶周围盘旋。维塔无可奈何，只得低下头闪躲着。

开始乍一看，大部分的鸟似乎是棕色的。但在维塔定睛细看了之后，发现了它们翅膀上的各不相同之处：有胸前点缀着白色斑点的画眉，有纯白色的鸽子，还有鸟喙呈现出热带橙色的黑鸟。

"它们知道是开饭时间了，"阿尔卡迪说，"它们每天都在附近的树上等着。"阿尔卡迪从口袋里拿出几把鸟食，顿时，他几乎消失在暴风雨般的群鸟羽翼之下。

"从这里拿一些吧。"阿尔卡迪说着，便把一些鸟食倒在维塔的掌心里。刹那间，维塔发现自己被温暖的气息包围了，而且四周还全是尖喙和蛮横的爪子，鸟儿的翅膀拍击在她的脸颊上。手上的食物被吃光之后，她就被抛弃了，鸟儿又回到阿尔卡迪脚边接着啄食了。

"它们乖吗？"她问道。

"不，不是你想象的那种乖，不是马戏团要的那种乖。它们认识我，我喂它们，大概情况就是这样。"这时，不少鸟儿已经要沿着原路返回了。"但其中两只不太一样。"阿尔卡迪说道。

"哪两只？"

"有两只乌鸦。我从它们还是雏鸟的时候就开始养它们了。它们还很小，一只在那边，在那个看起来便秘的海军上将的画像上面。那是瑞姆斯基。"他带着骄傲的口吻说道，"它知道自己的名字——它们俩都知道。"

"真的吗？"维塔从未听说过知道自己名字的鸟儿。

她的声音一定已经暴露出了她内心的怀疑，因为阿尔卡迪瞪了她一眼。

"瑞姆斯基！"阿尔卡迪吹了一声口哨，从唇齿之间发出嘶嘶声。随即，这只乌鸦腾空而起，懒洋洋地扇了三下翅膀，然后快速飞落在阿尔卡迪伸出的手上。它沿着阿尔卡迪的胳膊，一路跳上了他的手肘，然后俯身从他胸前的口袋里叼出一块面包皮，又啄了他的拇指一下，就飞走了。

阿尔卡迪吸了下大拇指渗出的少量鲜血。"鸟儿对你的亲近需要花点时间才能适应，乌鸦就像狗一样聪明，它们从大街上带来礼物给我。看着！"说着，他从口袋里掏出一颗亮晶晶的银色纽扣，"瑞姆斯基昨天送了我这个。"

"另一只在哪里？"

"拉斯科？"阿尔卡迪笑了，"我怎么会知道，它可能在这座城市的任何地方。"

"但你说它们很乖。"

"是啊！但我没说它们是我的仆人。"

疑问横亘在维塔心中。"为什么？"她问道，"为什么要喂这些鸟，为什么要驯养乌鸦？"

"总有一天，我会有属于自己的表演。我的家人带着六条贵宾犬表演，卡瓦扎先生带着马表演。但我想要的可不止这些——我盼望着拥有一个马戏团，其中的成员有……嗨！俄语里有个俗语，意思是潜藏的野性。你知道吗？只要你有试图去发现的眼睛，即便是城市的街道，同样充满生机。我想要马——马很勤劳的，再加上杂种狗和乌鸦，也许还有松鼠和老鼠，如果我能琢磨出什么办法的话，那么我想让它们一起跳华尔兹舞，就好像是把城市变成动物芭蕾舞团，你能想象吗？"

"那会很棒的。"

"但很难。自从我的国家发生革命之后，所有的马戏团都国有化了。整个俄罗斯都找不到一块地方，让我们可以拥有一个属于我们自己的剧院，所以我们开始巡演，巡演，不停地巡演，已经巡演了快十年！每到一个地方，我就会认识那里的鸟，然后我们就走了。我没办法把瑞姆斯基和拉斯科带走，它们不能待在笼子里。我渴望着能固定地待在一个地方，可爸爸说，除非找到完美的房子，否则他是不会出手的——也就是说，我的请求被拒绝了。"

他转身要关窗户，这时候，不知从哪里飞来一块大石头，砸在了他的后脑勺上。哦……不，维塔看清楚了，那并不是一块石头，而是一只乌鸦。

"拉斯科！"阿尔卡迪笑着说，"看！它是以拉斯柯尔尼科夫的名字命名的，你知道他吧？就是那个杀人犯。就像我说的，鸟类的善意是会弄疼你的。"

阿尔卡迪站在那里，左右两个肩膀上各站着一只乌鸦，大狗待在他脚边，白色的母马从房间那头看着他。维塔想，这才是金色舞厅最好的用途。

阿尔卡迪抠了下鼻子，然后端详着自己黏稠的鼻涕。他叹了口气，说道："黑的，是这个城市让它变黑的。"在瑞姆斯基啄着粘在阿尔卡迪手指上的稠鼻涕的当儿，阿尔卡迪看着维塔并问道："你会保守秘密的，对吗？"

"当然！"维塔说道。这个回答不由自主地让那个一直使得她心烦意乱的秘密呼之欲出。还没有来得及得到对方肯定的答复，维塔就迫不及待地发问了："作为回报，你也可以帮我保守一个秘密吗？"

维塔三言两语向阿尔卡迪简要叙述了自己的计划，同时，瑞姆斯基在一边飞来飞去，啄着她的鞋。维塔把红色笔记本从大衣口袋里拿出来，放在他们两个之间的地板上，并给阿尔卡迪过目。

和希尔克不一样，阿尔卡迪没有拒绝，但他也没有应承下来。他笑得喘不过气来，惹得拉斯科怒气冲冲地飞走了。

"我本来应该识破你的！你，你是一个小偷！"

"如果是把属于自己的东西偷回来，就不是偷……"维塔说道，然而阿尔卡迪根本没在听。

阿尔卡迪用手指划过维塔写在笔记本上的两个字："计划。""我就猜到有什么事情在发生嘛！尽管你很安静，但你的那种神情，好像总在暗暗观察，好像脑子里同时装着八件事！太好了！棒极了！再把笔记本给我看看？绿宝石项链，古老的城堡，火车旅行，闯进去，再逃跑，是不是？"

"没错。"维塔说道。

"简单！你需要我做什么？"

　　"我可以付钱给你，"维塔说道，"现在不行，但等我们把宝石卖掉……"

　　阿尔卡迪瞪了她一眼，"我不需要钱。"他拍了拍胸膛，"我要为荣誉而战！**我们会被载入史册的 —— 像罗宾汉一样！我们是义贼！**"

　　"但我不想让你以为 ——"

　　"我刚刚说了，你需要做什么？"

　　"我需要在午夜时分从墙上翻过去，那是一面很高的墙，有两条看门狗。它们被训练成杀手，你能帮忙吗？"

　　"狗，没问题，你就瞧好吧！什么狗呀，什么时间呀，统统都没问题！墙有多高？"

　　"我不知道，也许15英尺，也许20英尺，或者更高？"

　　阿尔卡迪突然严肃了起来，"这我没办法。我不会攀岩，要干这活儿，你需要另找别人。"

　　"那么谁行？"

　　"你应该找塞缪尔。塞缪尔·卡瓦扎。他会飞。"

　　在大楼里幽暗的深处，传来砰的关门声，尖锐的六孔笛笛声响了起来。

　　阿尔卡迪立刻跳了起来。"我爸爸醒了，你得走了，今晚再过来！”他说道，“来见塞缪尔！”

“几点？你说的‘飞’是什么意思？”

“问题太多了！我不知道几点 —— 只要等大家都睡着了就行。”阿尔卡迪把维塔拉到窗边，然后用手一指，“你可以从这儿跳出去。”

维塔定睛向窗外观瞧，只见清晨路上的车流已经是络绎不绝了。

“我不会摔断腿吗？”

“也许会受点轻伤。”

维塔低头看着自己的红靴子。阿尔卡迪的视线跟随着维塔的目光转移，最终落到了维塔的鞋子上。他注意到了维塔脚上鞋子的形状，那厚实的鞋底，还有她的腿向外弯曲的样子。

“其实，”他说，“我还是想去坐电梯。既然可以坐电梯，那么为什么还要费劲儿走路呢？来吧！”

“你不需要跟着我，我记得路。”

“好吧，那就快点。你拿着这个。”阿尔卡迪把手伸进口袋，将一把鸟食塞进维塔的手里。“等到天黑了，把这个放在窗台上，同时请耐心等候。一旦时辰到了，我就会派拉斯科来接你的！"

　　维塔很快回到了大街上，黎明的天光在她周遭加快着变幻的步伐。她抬头望了望音乐厅，什么都没有改变，然而一切看上去都变得迥然不同了。现在，她终于知道：舞厅里面原来是可以养马的。

　　正当维塔穿过马路、返回公寓大楼时，她遇见了那个报童。报童正声嘶力竭地喊叫着《纽约时报》的头版头条新闻。

　　"旋风路易在餐馆被枪杀！路易·兹渥巴克一命呜呼！"

　　一阵刺痛感划过维塔的额头，同时突如其来的肾上腺素猛然飙升到了她的指尖，在还没搞清楚害怕的原因之前，她就已经被恐惧裹挟了。她从大衣口袋里找到了两美分，买了一份报纸，在街角读了起来。

　　"路易·兹渥巴克，布鲁克林臭名昭著的走私犯，于一家通宵营业的餐厅喝咖啡时被击毙。详见第三版。"

维塔哆哆嗦嗦，好不容易翻到第三版。与此同时，报纸在风中哗啦啦飘动不已。

"对兹渥巴克的袭击应该是一项出了差错的简单任务。附近有几人受伤，蒙面杀手在抢走路易的图章戒指之后，就逃之夭夭了。"

维塔的胸膛变得像坚冰一样冷。她摸了摸红裙子的口袋，拿出戒指。维塔看着刻在戒指的金片上的人名首字母缩写：LZ。出于本能，她的第一反应是把戒指扔进下水道的格栅里。但脑子里的一个声音把她的手拉了回来：这是证据。她克制住了自己，把戒指塞进了裙子的口袋。

她又想起了韦斯特维奇的笑脸，以及索罗托雷在炉火边的话："你疯了吗？当着我的面指责我撒谎？你知道那些来我家里对我说这些话的人的下场是什么吗？"

维塔把身上的大衣裹得更紧了。她脚上的痛楚越来越强烈，她突然感觉自己很渺小，在这个庞大的成人世界中，渺小到无法呼吸。

第七章
危机

　　维塔悄悄溜进公寓，小心翼翼地拧开门把手，好像门把手是玻璃做的一样。她离开的时间远远超过了她的计划，妈妈应该已经去见外公的银行经理了。维塔祈祷自己没待在家里这件事没被人发现。她身上闻起来有马和鸟的味道，脸颊红彤彤的。

　　公寓里悄无声息。她踮起脚尖，走进卧室，然后把戒指藏在床底下。手还没从床垫下伸出来，她就迟疑了，如果索罗托雷知道了她住在哪里该怎么办？她找出针线，拆掉裙子褶边 1 英寸[1] 长的针脚，把戒指塞进裙子，然后把戒指紧紧缝进了内衬。她刚把线咬断，就听到了外公的敲门声。

1　英寸，英制长度单位。1 英寸 = 0.0254 米。

"你醒了吗？"

维塔打开门，外公裹着绿色的羊毛大衣站在门外。对外公现在的身形来说，大衣显得太大了，但他还是笑吟吟的，眼睛里仍然闪着光芒。

"戴上这个，小坏蛋，"他递给她一条红色羊毛围巾，"我在屋子里待得太久了，我们去中央公园转转。"

在蓝天的映衬下，中央公园里的树叶呈现出鲜红色，它们像地毯一样覆盖着整个大地。外公拄着拐杖，二人先是顺着铺就的小径，然后再沿着蜿蜒的林间小道散步。此时，一名黑人妇女穿着一件长及脚踝的大衣，正推着一辆手推车，在向人们兜售热巧克力。这名黑人妇女脚步轻捷地从他们身旁走过。外公注意到维塔脸上渴求的神情，给了她一枚硬币。

"去向那女人买一杯最大最浓的热巧克力给你自己喝吧。"说着，外公坐下来，长凳发出嘎吱嘎吱的响声，"我在这里等你，顺便和松鼠们聊聊天。"

维塔以最快的速度沿着蜿蜒的林荫小道往前走去，

她来到了一个岔路口，那女人却不见了踪影。于是维塔向左拐到更宽阔的路上。维塔的腿比平时跛得更厉害了，然而热巧克力却诱惑着她。

一个不知从哪里突然冒出来的男子在拐角处现身了。

"嘿！嘿！叫你呢！"

维塔停下了脚步。只见男子肩膀又宽又厚，长着一头浅棕色头发，比维塔在聚会上见到的样子显得年轻得多。他浅灰色的眼睛快速扫视着她的双腿和双脚，以及她红褐色的头发。"他准是迪林杰。"维塔想道。

"你是那个在索罗托雷的聚会上露面的小孩儿！"他的声音尖锐又刺耳，听得出他烟酒不忌。

维塔试着摆出无所畏惧的样子，"我是，那又怎么样？"

"你把那东西怎么处理的？"

"什么东西？"

"戒指，你这个没规矩的小坏蛋！戒指在哪儿？"迪林杰把"哪儿"说得很含糊。维塔不知道发音含糊是因为愤怒呢，还是因为他一早就喝了酒。

维塔努力让自己的表情和身体都保持绝对冷静。然而她的心背叛了她。"什么戒指？"她问道。

"别装模作样了，小孩儿。索罗托雷为了那枚戒指把书房翻了个底朝天，除了你没有人会拿走它。"迪林杰的衣服虽然花哨而昂贵，但是皱巴巴的，衣服的主人似乎奔波了一天，却还没能上床睡觉。他银色的腕表没有上发条，指针指向午夜时分。

"我真的不知道你在说什么。"维塔说道。戒指藏在她那已经缝合好的裙子褶边里，紧紧挨着她的腿。

"听着，小孩儿，"他俯下身来，凑到维塔的脸旁，"你不明白你对付的是谁。对老板来说现在情况不太妙。他这人可是喜怒无常的。交出来吧，他就兴许把这件事忘了。"

"我没有什么戒指！我不知道你在说什么！"虽然是在光天化日之下，然而维塔已经走出了外公的视线，目光所及处看不到一个人。她不知道外公能不能听到她呼救。就算外公听到了呼救，却帮不上忙，那又该如何呢？这个想法让维塔咬紧了嘴唇。

就在此时，迪林杰抓住维塔的前臂，"所以你该不会介意我搜身吧？"

"放开我！"

突然，一个东西从空中飞来，砸在了那人的肩膀上。维塔低头一看，是一块和手掌一样大的石头。

"走开！"外公拄着拐杖，大步流星地从步行道走过来，眼里透出冰一样冷的寒光。尽管如此，在外公赶到现场时，外公的语气依然是那么沉着镇定。"你为什么要碰我的外孙女？能否麻烦你解释一下？"

迪林杰向后退了几步，眼睛却仍盯着维塔。"我什么都没做。你的这个小孩儿偷了我老板的东西。"

外公走到维塔身前，用身体保护她，问道："你老板是谁？"

"维克多·索罗托雷。"

听罢，外公扭头用眼神扫了维塔一下，但仍面向着迪林杰。外公说："我觉得我的外孙女偷东西的可能性微乎其微。不过，考虑到你老板把我整个家都偷走了，我明确地正告你：如果她真的碰巧偷了你老板什么东西，你老板也没什么好抱怨的。"

"让她把口袋翻出来给我看看！"

"你太荒唐可笑了，"外公说道，"现在就离开这儿，要不我叫警察了。"

迪林杰把手伸进夹克衫。"我可不会照办啊。知道吗？"他说道。

迪林杰把手从夹克衫里抽出来的时候，他的手里多了一把小手枪。他没有用枪对着祖孙俩，而是把枪拿在手里，晃来晃去。

维塔惊得当场愣住了，她死死盯着那把手枪。枪管本身并不比维塔拇指的指甲盖大，但看起来却显得硕大得惊人，好像能把阳光都遮住。迪林杰握枪的样子驾轻就熟，这足以说明他是一个习惯用武器来说话的人。

外公愤怒地眯起了因为震惊而瞪大的双眼。"警察！"他吼道，苍老的声音在树林里回荡，"警察！救人呐！"

"你这个老傻瓜。"说着，迪林杰向后跟跄了几步，同时因恼羞成怒而鼻孔大张。"你不知道你在做什么！你在引火烧身啊，小孩儿。"然后迪林杰便一溜烟逃跑了。迪林杰的去路在岔道口分为两条，一条是大路，另一条则是窄径。迪林杰是沿着那条窄径飞奔着逃窜而去的。窄径的中央有一个地下管道暗井。透过树林，维塔惊讶地发现迪林杰拉起井盖，随即堕入地下那一团漆黑之中。

"他从下水道跑了！"维塔说道，但外公根本没看。相反，外公始终盯着维塔的脸，好像对其他事情都不感兴趣似的。

"你想要解释一下发生了什么吗？你去见索罗托雷了？"

维塔先是犹豫了一下，然后点了点头。

外公的眼神黯淡下去。"为什么？为什么你要做一件显而易见如此危险，如此可耻，又如此愚蠢的事情呢？"

"我只是……什么都没发生。我只是想知道他长什么样。"

"你现在见到了？"外公的声音听起来显得颇为忐忑不安，"他是什么样的人？你见识了？"

维塔垂下眼睛看着自己的左脚，慢慢点了点头。

"你可以向我保证再也不去见他吗？永远不去？答应我，否则我再也不让你单独出去了。"

"好。"她说道。她没撒谎。她对自己说，她不会主动去找索罗托雷的。如果是索罗托雷前来找她，一切就将另当别论。她对此可没做任何承诺。

外公长叹一声，他转身坐在了路边的树桩上。他脸色苍白，尽管眼中正迸发出熊熊怒火，但看得出来，外公在生自己的气。"哦，小甜心，我都做了些什么啊？居然会把你置于这样的险境之中！"

"您什么都没做！真的，我很好，我向您发誓，我会小心行事的。"

维塔伸出胳膊，用一只手握住外公的手，又用另一只手伸进口袋中来回摸索，寻找那本红色笔记本。随后，维塔把笔记本卷成筒状，紧紧地攥住。她把她的计划牢牢攥在手心里，仿佛握住了某种武器，某种火力差强人意的武器。

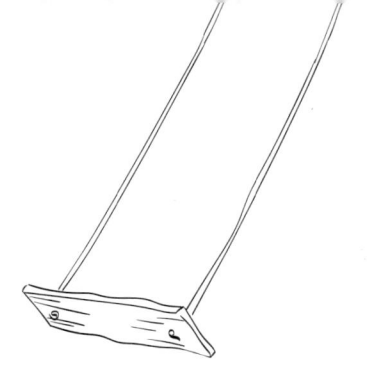

第八章
空中飞人

　　一直等到太阳完全落山，维塔才把鸟食撒在里侧的窗台上。白天活跃的鸟儿都回巢了，见不到任何一只鸽子来啄食。

　　她坐在窗边等待着，等得都快要睡着了。就在这时，一对翅膀在她身边扑棱棱地扇动起来，继而两只亮闪闪的眼睛也出现了。原来，一只乌鸦落在了窗台上，并开始狼吞虎咽一般吞咽起鸟食来。鸟的爪子上绑着一卷小纸片。

　　维塔发现，从鸟爪上取下一封信可比书里写的难多了。她伸出温柔的手，迫切想抓住它，但鸟儿却扇动羽翼，不停在屋内来回乱窜。直到她拿出私藏的姜汁饼干给这只乌鸦享用，它才终于消停了下来。乌鸦拉斯科平静了许久，这才得以让维塔解开缠了三圈的细线，并把固定在里面的纸条取下来。

纸条上写着："晚上 11 点 20 分来卡内基音乐厅门口。一分钟都不要迟到。把纸条吃了。"

维塔看了看纸条。因为放置纸条的地方离鸟屁股太近，所以纸条上面粘上了点污渍。于是，维塔决定还是不吃纸条为好，而是把它用水冲到厕所的下水道里。

阿尔卡迪在音乐厅正面的一扇前门后面等着维塔。他从门缝里向外张望，还没等维塔决定是否应该敲门，他就把门一把拽开了。

"来吧！有个夜班警卫负责巡逻，但他只在一层巡逻。他刚走，快来吧！"

阿尔卡迪领着维塔穿过大厅 —— 厅里没有开灯，只有外面街灯的光透进来 —— 走进了电梯。"二层，"阿尔卡迪说，"到会议厅去吧。"

"什么？"

"那是一个小舞台，只能容纳 200 人。主厅可以坐将近 3000 人。会议厅里面装有特殊设施，可供专门用途。"

"什么设施？"

"当然是高空秋千了！"阿尔卡迪的神色表明：他对维塔的无知感到震惊。"这套设备的主人是萨比蒂尼姐妹俩，但她们对让塞缪尔使用它毫不介意——即便她们知道了也不会介意的。不过，这事儿要保密。"

"为什么要保密？"

"为了塞缪尔呀！他正在训练自己，想要成为一名杂技演员。"

"为什么这一切都要弄得神神秘秘的？"

"因为他家里人都是和马一起表演的。"阿尔卡迪对着维塔直摇头，好像这事儿再明显不过似的，"他必须要加入他叔叔的表演，这就是他来这里的原因——他要学习马术。"

"但他不能直接跟他的家人们坦白吗？"

"不能。马戏团处理事情，就像是皇室一样。你从事你父母从事的行当，这是与生俱来的权利。这种事情没有丝毫可供选择的余地，天经地义，就像是沙皇亚历山大没有选择的余地一样，他必须登基当沙皇。我对此

没什么意见 —— 我一直非常了解我自己：我想和动物打交道，和狗啊，鸟啊，还有马啊在一起。"

在阿尔卡迪说话的时候，维塔的脑海中出现了这样一幅图景：塞缪尔骑着莫斯科穿过这座沉睡的城市，他的脸庞显得神采飞扬，如同火炬一般光彩照人。想到这里，维塔不由得频频点头。

"但问题在于，塞缪尔是一个卓越的空中表演大师。"阿尔卡迪说道。维塔听到"表演大师"四个字时，忍不住笑了一下，但阿尔卡迪看起来却是一脸严肃。"塞缪尔靠看别人表演自学成才，就像有人仅仅借助于一架钢琴就能自学弹曲子一样，你明白吗？但是现如今，除了塞缪尔还得借助于自己的身体之外，他是不可能特意去忘记他自己曾经学过的技艺的。"

"但那不公平！"维塔说道。

阿尔卡迪耸耸肩。"我明白。不过，你最近跟某个成年人说过这句话吗？"

"这并不意味着你不能改变它。没有什么是不能改变的！"

然而阿尔卡迪已经跑到了前面，并且向维塔嚷道：

"来这边！"

房间铺着木地板，四面是木质的墙壁，天花板很高。沿着房间的三面墙壁，摆放着几把椅子，一盏孤灯仍在亮着。房间里弥漫着一股汗液和建筑石材的混合气味。

房间的中央有四根像橄榄球门柱一样的杆子。两边的两根杆子之间各搭着一个平台，中间的两根之间则悬挂着几个小型铁质秋千，秋千下面有一张网。其中一个平台上站着一个男孩，他单腿站在那里，另一条腿则高高举过了头顶。

"塞缪尔，"阿尔卡迪喊道，"她来了。"

男孩转过身，咧嘴一笑，可是马上继续做伸展运动了。这当口，维塔悄悄提醒自己别忘了眨眼。

塞缪尔的身手太棒了。他的完美身手足以让人暂时忘记呼吸。他浑身上下一身黑，黑色裤子，黑色运动背心，手腕上戴着黑色手环，足蹬黑色的芭蕾舞鞋。他的头发剪得很短，头皮上只剩头发茬儿。他脸上的一对颧骨像是两座悬崖边倾斜的峭壁一样，高高耸立着。他把两只手搁在舞台上，将身子倒立过来。

"是现在谈，还是过一会儿？"阿尔卡迪问道。

"过一会儿吧。"塞缪尔一边倒立，一边说道，"我正在做新尝试。"他似乎完全没注意到维塔的存在。他是纽约口音，但掺杂着别的口音：元音的发音方式似乎说明他的母语并非英语。

塞缪尔做了一个翻滚动作并绷直了身子，然后把防滑粉抹在双手上。只见他手抓一根顶端带弯钩的长杆，从平台边缘向外探出身子，并用长杆把铁质秋千拉到身边。最后，他单手抓住了秋千，仅仅凭借着踩在平台上的脚后跟的支撑力，就足以将身体从身下的安全网上方向外探出身去。

塞缪尔低头看向阿尔卡迪，他的脸因为专注而紧绷着。

"还不快招呼我一声？"塞缪尔说道。

于是，阿尔卡迪喊道："Listo！"

"Listo 是什么意思？"维塔嗫嚅道。

"西班牙语，是'准备好'的意思。"

塞缪尔调整好了身体的重心，回答说："准备好了！"

"跳！"阿尔卡迪喊道。

塞缪尔两只手握住秋千的铁杠，将身体奋力抛向空中。顿时，他的身子腾飞而起。在秋千到达最高点时，他放开了手，随即在铁杠上方的空中转体一周，最后又重新回来用膝盖勾住了秋千的铁杠。目睹此情此景，维塔只感觉自己的肚子里有什么东西在翻江倒海一般。

男孩挺直了身子，做着高速旋转的动作。他抓住秋千两边的绳子，站立在秋千的铁杠上。他前后摇摆着身体，秋千高高飞起。在秋千荡到最高点的时候，男孩的脸甚至向下直面地面——维塔这才匆匆瞥见了他的脸。然后，他悄无声息地松开了手并向前方落下。男孩在空中快速转了一圈，先是腾飞在秋千之上，继而又飞身越过，最后再次落在了秋千上。这次，他只用脚踝就稳稳勾住了秋千的铁杠。

见此情景，维塔屏息凝神。令维塔感到震撼的，不仅仅是塞缪尔从空中下坠时仿佛摆脱了地心引力，不仅仅是他能够空中飞人，更有他脸上不断转换着的神态。

尽管塞缪尔紧咬牙关，面无笑容，但他的脸上却流露出某种奇异而惊人的能量，展现出十足的进取心。那是一个人完成他与生俱来的使命时所产生出的喜悦之情。

维塔不知道塞缪尔到底在秋千上荡了多久，也不知道他快速转体了多久，更不知道他把自己的身体像旋转的万花筒一样向空中抛掷了多久，维塔只知道自己不想让塞缪尔停下来。就在他越荡越高的时候，他松开了手，做了个两周转体的动作。塞缪尔和秋千一起下坠，他伸出手想抓住秋千，却没能成功，因此他掉进了防护网里。

他坐起身，眼睛闪闪发光。

"新玩法？"阿尔卡迪问道。

"还没成功，"塞缪尔站在网里，擦了擦手，说道，"你看出来哪里出错了吗？"从近处看，塞缪尔身形纤瘦，但他的那对长手长脚却预示着：总有一天，他会长成大高个儿的。

"你在向下摆荡的时候，"阿尔卡迪说道，"我觉得也许慢了三分之二秒，我不知道要做两周转体的动作是不是来得及。"

"来得及！"塞缪尔摇了摇头，"我能感觉到我失手了。"他从网上跳下来，用衬衫擦了下额头。"空中飞人"的动作让他整个人都变得不一样了，他变得放松起来，不像之前那么对外界警惕了。

"你是维塔吧，"他说道，"阿卡（阿尔卡迪的简称）说你需要帮忙。"

维塔摸了摸口袋里的笔记本，随后紧紧抓住了它。她挺起腰杆。"我正在组建一支团队。"她说道。她用最快的速度解释了城堡、绿宝石挂坠，以及为了让索罗托雷屈服所需要的钱和律师团队。

"我需要翻过一堵墙，一堵大概有 15 到 20 英尺高的墙。"

"你为什么不直接架个梯子呢？"

"因为这堵墙是建在湖里的。虽然是一个很小的湖，但终归是个湖。我需要绳子。"

"一个湖？"塞缪尔说道。

"确实是一个新的玩法！"阿尔卡迪说道。他因为情绪高涨，所以口中的话语变得含混不清。"我们要当小偷了！"他含含糊糊地说道。

塞缪尔皱了下眉头。

"别这样。我知道你在想什么。"阿尔卡迪急忙说道，"但这是把被偷走的东西偷回来。**我们是义贼！**"

"是必要的贼。"维塔说道。

"而且城堡在乡下，"阿尔卡迪说，"在那么偏僻的地方，我们不会被抓住的。不管发生什么情况，应该不会的。"

塞缪尔看起来并没有被说服。"可为什么呢？你为什么要这么做？"

维塔抬起头来，看着在他们头顶上还在来回摆动的秋千。

"因为其他人都不会去做。"维塔说道。

"这可不算是个理由，"塞缪尔说道，"任何事情都可以这么说。"

维塔咬了下嘴唇，然后开了腔："妈妈说我们必须保持理智。她想让外公和我们一起回英格兰，不管他愿不愿意。每次就这事儿问他的时候，外公都是一脸茫然，好像一扇门突然被关上了似的。"

维塔闭上双眼，努力把那个外公一脸茫然的画面赶出脑海，然后又睁开了眼睛。

"但如果我们直接收拾行李，打道回府，那么我们可以说索罗托雷就得逞了。像他这样的人总是能笑到最后。就冲这点，我就不想保持理智了。"

她低下头去，看着左脚上的鞋子，再看看形状弯曲的左脚，最后又看看柔弱而瘦削的左腿。同时，她想到了那些充满善意的成年人，他们对她说着"坐下来"，"小心"和"亲爱的，不用麻烦你了"。她摇了摇头，站直身子。"就这一次，我不想听大人的话。我想战斗，我一定会去进行战斗。"

塞缪尔凝视着维塔好一阵子。此时此刻，塞缪尔的眼神中充满了惆怅失落。"我父亲在非洲的马绍纳兰安家落户。当我还是个小孩儿的时候，他就倾其所有把我送到这里来，让我和我的叔叔一起巡演。如果我不这样做的话，会让整个家族失望的，包括家里的表亲啦，阿姨们啦，总而言之，所有人……但在我三岁的时候，我就开始自己学后空翻了，我喜欢那种用双脚向后着地时的感觉，那简直就像是魔法一样。因此，我绝对不能放弃。"他一面盯着自己满是防滑粉的手，一面说，"所以，我能理解你为什么不想听大人的话。"

然后塞缪尔的脸上绽放出微笑，嘴角一直咧到耳边。他那令人感到饱受压力的帅气神情消失了，取而代之的是喜上眉梢的神色。这是一种在他心中滋生出来的幸福感，是因为平日的小心谨慎已经被冒险精神取代。

"那么那堵墙到底有多宽？"

"我不知道，我想，应该很宽吧。"

"有多高呢？"

维塔摇摇头，"大约15英尺，也许20英尺，我不知道。"

"我需要知道具体的数字才可以找合适的绳子。你可以提供一张图纸吗？"

"一张什么？我不懂你说的这个词。"阿尔卡迪问道。

"这个词指的是房子的建筑规划。"塞缪尔说道。

"我没有，"维塔说，"但我可以找出一张图纸来。"她欣慰地发现：自己的声音听起来，比自己想象中的要自信得多。

"如果你能找到一张图纸，"塞缪尔说，"那么我就加入。我会加入你这个'盗窃团伙'的。"他把满是防滑粉的手掌心放在黑色长裤上擦了擦，然后伸出手来。

阿尔卡迪把双手举过头顶鼓掌，大声欢呼起来。维塔心中突然涌起一股强烈的负罪感。两个男孩肩并肩站在那里，同样地咧嘴笑开了。他们从来没见过索罗托雷，更没有领教过他内心的冷酷。此外，维塔没敢把报纸上头条新闻的内容告诉两个男孩。

维塔把心中的负罪感深深埋到心底，深到连自己也感觉不到的程度。于是，维塔把自己的手放在塞缪尔的手上，紧紧握住。

"我们该什么时候去？"阿尔卡迪问道。"很快的，明天！"

"确实很快，但不是明天。"维塔说道。

"为什么不是明天？"

"还有很多事情要做，"维塔说道，"塞缪尔说得没错，每个'盗窃团伙'都需要有一张图纸。"

第九章
蓝图

　　第二天清晨，维塔的妈妈又一次早早就出了门。她要穿过城区，去和负责处理外公税务与银行事务的办事人员会面。外公正靠在窗边读报，而维塔则光着脚丫，悄悄在外公的卧室中钻来钻去，翻找着每一个抽屉和橱柜，寻找着文件。

　　可什么都没有。这是她本应该料到的。维塔对着自己狠狠地嘟囔了一句："愚蠢！"维塔十分清楚：外公除了身上穿的衣服，什么都没从哈德逊城堡带走。但是即便对此情形早已有所准备，维塔还是感觉好像自己的胸口遭到了一记重拳。

　　最终，维塔做了最简单，但也是最冒险的事。她直接开口向外公求助。

　　"图纸？当然有啦。"外公上下打量着维塔，眼中露出怀疑的神色。"为什么要对这事儿感兴趣？你妈妈是对的，小坏蛋——事到如今，最好把那些古怪念头都抛诸脑后。"

"我只是……好奇。"

"好奇？"外公的语调听上去干巴巴的。

"是为了……"维塔在说谎前，狠狠地咬了一下脸颊的内侧，"是为了做一个游戏。图纸在哪里？是遗弃在城堡里面了吗？"

"在纽约公共图书馆里头。多年前，我们把图纸还有其他文件，一起捐给了图书馆。他们向所有老房子的主人都发了邀请。"

"那么，我可以看看吗？"维塔的心猛地提到了嗓子眼。

"你可以告诉我为什么吗？"外公依次抬起了左右两边的眉毛。

"不能，抱歉。"维塔说道。

"你最好忘记它的存在，小坏蛋。"

"不能，抱歉。"维塔重复了一遍。

维塔抬起头望着外公，眼睛一眨也不眨。外公发出一阵洪亮的笑声，洪亮得好像一只盘踞在教堂尖塔顶端的熊。

"你的外婆也很固执。恐怕这是流淌在血液里，与生俱来的。让我拿上我的帽子。"

他的帽子已经被虫蛀了，黑色褪色严重，现在看上去更像是一顶棕色的帽子。然而外公穿起衣服来绝对有品位，他戴上帽子的样子好像那是一顶皇冠似的。冬日的城市寒风凛冽，在西 47 街的街角，外公停下脚步，买了一纸筒香甜的烤花生。

街对面，一个身着黑色西服的白人男子抬起头。他突然看到一个手形漂亮的老年男子和一个长着一头红棕色头发、双眼的间距显得很宽的女孩从眼前经过。女孩用风衣紧紧地裹着身体，足蹬一双亮红色的靴子，左腿向内弯曲。那身着黑西服的白人男子猛地向后转过头去，放下正要买的椒盐卷饼，在距离祖孙俩身后半个街区远的位置，沿着宽阔的人行道尾随着这一老一小而去。

祖孙俩抵达图书馆的时候，维塔的手指上已经沾满了热糖浆。于是她把手指舔了个干净，举头仰望着街对面的大楼。

这座建筑物与其说是图书馆，倒不如说是一座宫殿。城市的光怪陆离与喧嚣声浪在图书馆外一扫而过，图书馆的柱子和门廊矗立着，呈现出王者般的庄严。

"这是我在纽约最喜欢的地方，"外公说道，"那两头石狮子被称作耐心和毅力——尽管我觉得它们看起来怒气冲冲的，但是我相当喜欢它们怒气冲冲的样子。"

两座阴沉着脸的白色大理石雕像守卫着属于这座城市的书籍，它们确实看起来怒气冲冲的。在祖孙俩走上石阶的时候，维塔还对着两座雕塑点头致意。维塔的左脚小心翼翼地踩在宽宽的石阶上，外公则拄着手杖，祖孙俩手挽着手一直往前走，直到图书馆那宽敞的入口处映入眼帘。

穿黑衣的男子没有跟着祖孙俩走进大门。相反，这男子把身体靠在狮子身上等待着，还不时朝手指上呵气，以此来驱赶寒气。在他的手背上，文着一只愤怒尖叫的猫。

当班的图书馆管理员是萨顿小姐，一位穿着天鹅绒外套的高个儿拉丁裔女性。她像欢迎一位老朋友似的和外公打了声招呼，然后领着祖孙俩穿过长长的走廊，来到了一个房间里。房间的两边摆放着书桌和台灯，学者们正埋头于书本面前研究学问。

"我就把你们带到这里，"她说，"在这里说话不会打扰到其他客人。"

她把他们带进一个小房间，房间里放着一张桌面是皮革质地的大书桌，书桌上放着几副白手套，以及一盏绿色的玻璃灯。维塔实在忍不住了，她想立刻就能摸一摸。

萨顿小姐拿出一个盒子，盒子的盖子是用细绳系紧的。交代完毕，萨顿小姐便离开了祖孙俩。维塔从中取出一摞文件，随后在外公身边坐了下来。在这一摞文件的最上面是一张被折成八分之一大小的纸。

外公把纸展开并摊在书桌上。

"就是它了！"外公说道。外公说话的语气不像从前那样镇定自若了。

图纸足有一本地图册那么大，却薄得近乎透明。维塔知道，外公看到的不是图纸，而是城堡本身。此时此刻，他自己沉湎于对往昔的回味之中。

"城堡比宪法还古老。这座城堡是我的曾祖父用船万里迢迢运过来的。太疯狂了，当然喽。但谁说疯狂一定是坏事呢？我父亲去世之后，我们搬到了这里，那时候你妈妈还没出生呢。就在那时节，房子变得破旧不堪，几乎要崩塌——连原本白色的墙壁内侧都发了霉，所以我们把屋子里的墙壁刷上了蓝漆。"

维塔当然早就听过这些老掉牙的故事了。然而，即便如此，为了不打断外公的话头，为了留住外公眼中露出的光芒，维塔也明知故问："那是什么样的蓝色呀？"

"宝石的那种蓝色。你外婆挑的，明亮的钴蓝，蔚蓝，还有靛蓝。是那种会发光的蓝色。"

外公用手指着图纸。

"这里是门厅，那盏旧吊灯应该还在，除非有人把它拿走了。这里是一段供人们在正式场合使用的主楼梯，可是木头已经腐坏了一半，而且随时都有可能塌下来。所以，我们总是走后面的楼梯。这是地窖，我父亲珍藏的酒还在里面，除非索罗托雷把酒喝光了。地窖后墙边的这块地方——你看，这里是用黑颜色标注的——曾经是建筑物的供水管道系统，但现在只是被用作壁炉的一个炉栅了，那是给地窖通风用的。一年甭管什么季节，如果下到地窖里，这炉栅准保能把你的牙齿冻得掉下来。"

"这里呢？"

"这里是主客厅。那里挂着一张用北极熊的整张兽皮填充起来做成的旧挂毯。真是怪可怜的，这头北极熊是你的高外祖父射杀的，你的高外祖父平时头脑简单，但有很多枪支。当我还是个小男孩时，我就常常睡在北极熊挂毯边上。用北极熊兽皮做成的挂毯中还藏着野兽的牙齿，这些牙齿不时显露出来。就这样，这张挂毯守卫着保险箱——喏，保险箱就在此处，藏在烟囱里。"

"你看，这里是前门，还有后门。门上装着牢不可破的锁，还有防盗栏杆。你的曾外祖父一直觉得有人要偷他的钱。要知道，富人总是疑神疑鬼，胆战心惊的。当然啦，现在也没有什么钱可以偷了。"

维塔默默地看着图纸。建筑师用漂亮的印刷字体，标注出城堡四周围墙的数据：19 英尺高，2 英尺宽。

"在图纸上看到城堡的感觉真叫奇怪啊。我曾经发誓要把它忘记，没想到会再见到它。"外公微微一笑，随后那久违的眼神再次消失了。外公接着问道："现在，既然我们没怎么计划就出来逛了，要不要干脆玩个尽兴呢？要不要找个地方去吃冰激凌？"

维塔摇了摇头。"其实，我想留在这里。我要复印一份。"

外公把眉毛往上一抬，问道："复印一份？"

"嗯，是为了做一个游戏。"

"你可以告诉我是什么游戏吗？"

维塔不想说，因此她使劲摇了摇头。

外公仔细打量着眼前这个踩着红靴子、有着狮子般如炬目光的外孙女。

他叹了口气。"你可千万不要以为我不知道你在撒谎，但我从来都觉得小孩儿可以在心里藏些小秘密。只不过，你能向我保证这个秘密和索罗托雷无关吗？"维塔心头一沉，同时思考着自己是否应该向外公说谎。这时，外公继续问道："你能向我保证，你不会再去找索罗托雷吗？"

维塔露出了她的六种微笑中的第六种招牌式的笑容。"我保证我不会去找索罗托雷。"当然，维塔确实也没有找他的打算。

"那敢情好。那也请你得对得起我对你的信任，不要丢掉自己的性命，不要让自己受伤，也不要让人逮住你。在你妈妈回来之前回家。我们公寓见，否则她就有充足的理由把我们俩都宰了。"

维塔行动迅速。只过了半个小时，她就离开了图书馆，在摩天大楼的注视下往家走去。小孩儿独自行走在纽约的街头根本不是什么稀奇事。但即便如此，维塔还是吸引了不少人的目光。因为决心已下，所以维塔的双眸中燃烧着熊熊怒火。维塔丝毫不关心身边的这座由黄色和灰色的石头搭建起来的大都市，也毫不关心通明的街灯，因为维塔的关注点是某一个无法被他人注意到的地方。

那个有猫咪文身的男子离开了那座名为耐心的石狮旁边的柱子，一路紧跟着维塔。

第十章
马戏团

　　维塔把整个下午的时间，都用来记住这座城市的方方面面。她先是回家吃了个抹了番茄酱的吐司面包。此时，外公正挺直身子窝在卧室的椅子里准备睡觉。"夜晚已经变成了一个我无法击败的巨兽。好在我白天会时不时睡一会儿，这样一天的睡眠也就够了。"在维塔问为什么以这种方式就寝时，外公回答道。

　　维塔步履缓慢地穿过了半个曼哈顿，此刻她心情沉重。她穿过 57 街，沿着第五大道，向麦迪逊广场公园径直走去。她试着记住每一条街道，把纽约的纸质地图印在脑子里，以备不时之需。很难说，不知道什么时候它会派上用场呢，她想道。

　　维塔在茶点时间回到公寓，尽量不让自己发出声响。因为生怕吵醒外公，所以她并没有宣告自己的归来。在维塔踏进自己的卧室之前，她还感觉一切如常。可是，突然之间，维塔就像一只走投无路的猫一样，她感到后颈的毛发竖了起来。

有人进过她的房间。

没有东西被偷，一切都整洁得无可挑剔。然而放在窗台上的笔记本挪动了位置，她的床铺被翻过又重新铺过，毯子也放反了方向。顿时，一阵恐惧感席卷过维塔全身。维塔猛地拽开衣橱，可里面空无一人，只有她叠放整齐的运动衫和长筒袜。她看了看床底，也是什么都没有。然而灰尘被揩走了，好像是一只在床底摸索的手扫走了灰尘。

她跑去检查厨房和客厅。屋子里没摆几张家具，所以几乎看不出动过的痕迹。然而确实有人来过，一个蹑手蹑脚、悄无声息的人。维塔想起了那枚藏在裙边里面的戒指，顿时心脏一阵猛跳，耳膜都跟着震颤。

维塔觉得她应该报警，她应该告诉别人。韦斯特维奇曾经是警察，即便他已经退休了，但还是很危险。如果维塔告诉了妈妈，妈妈就会改签船票并搭第一班船回家。那样的话，就只剩下外公了。维塔想象着将一切告诉外公的场景，此时胸口便感觉一阵剧痛。维塔立刻意识到，不能让外公知道这一切。否则的话，外公会陷入自责的境地，那是维塔所无法想象的。

维塔走进厨房，拿起番茄酱瓶子。她吃了满满一勺，这给了她糖分和勇气。她可以让妈妈晚上给门上个双重锁，至于这件事，她谁也不会讲。她想起夜晚她还和马戏团里的人有个约会呢。

开始的时候，一切平静而合法。前一天晚上，在月光照耀的高空秋千下，维塔提到，她从来没有看过真正的马戏表演。

两个男孩盯着她，又相互对视了一眼。好像维塔说的是：她自己从没见过天空似的。

"你不是认真的吧？"塞缪尔说道，"你没有看过马戏表演？你该不是夸张吧？"

"难道这还能是打比方吗？"

"这倒也是啊，"阿尔卡迪的语气中隐含尖刻的意味，忙不迭地说道，"我们必须解决这个问题！明天晚上 7 点就有一场表演！”

“太好了！”维塔说道，不过她犹豫了一下。卡内基音乐厅灯火辉煌，这绝对表明票价不会便宜的。“票价……要多少钱？”

“别犯傻了，”塞缪尔说，“我们偷偷把你带进来就行了。”

维塔悄悄溜出公寓的时候，妈妈还没回家。维塔留了一张字条，说她要去看马戏表演——没提要和谁一起去——但说她保准会在就寝时间之前回来。维塔知道：一回到家后，迎接她的会是妈妈的怒气，不过那是之后的事情了，她要抓住现在的机会，现在是马戏表演时间！

两个男孩站在旗子下等着维塔。一个年轻人正在散发传单。传单只有一页纸，上面印着报纸上刊登的文章。“好评如潮！”他叫喊着，“读读《纽约时报》给我们的好评吧！”

塞缪尔招手示意那个男孩过来，他从男孩手里拿了一张传单并转手递给维塔。塞缪尔招呼维塔说："瞧这儿，给你个纪念品。"

维塔大声把传单上的内容读了出来："卡内基音乐厅的马戏表演！大象、马驹、狗儿，还有其他在鞣制革作坊里，能见到的一切人们所熟悉的精彩玩意儿……"她停顿了一下，然后问道："什么是鞣制革？"

"一种薄的树皮。"塞缪尔解释说，"你该明白，就是那种用来铺马戏场的树皮。"

维塔继续读了起来："——在鞣制革作坊里能见到的一切，都会在本演出季的卡内基音乐厅内上演，这是一场名副其实的室内马戏表演。"

"太棒了，是不是？"阿尔卡迪说道，"《纽约时报》！爸爸太得意了，他把这篇文章裱了起来，而且每个房间都放了一份，甚至厕所里都有。"

"我们进去吧。"塞缪尔说。

维塔把传单塞进口袋，朝大门走去，阿尔卡迪却大笑了一声。

"不是这边！"他说道，"我们要从舞台那边的门进去。"

"什么？"

"嗯，我们没有票！我们没有免费的票，你以为我们是谁？是洛克菲勒的家人吗？"

塞缪尔带着他们绕过街角，来到了建筑物的侧面。

"你带图纸了吗？"塞缪尔问道，同时他对门房点了点头。

"带了，"维塔说道，"我在我的笔记本上抄录了一份。"

"太好了。"塞缪尔说，"你可以在表演结束之后给我们看看。"说着，他带着维塔登上了一段陡峭的楼梯。一路上，没有人谈论起维塔那行动不便的脚。但他们快要到楼顶的时候，塞缪尔向她伸出了手，以示帮忙。维塔向他笑了笑，谢绝了塞缪尔的好意。

楼梯尽头的顶层，有一扇用绿色羊毛呢子覆盖着表面的大门。塞缪尔在维塔身后站定并说："你先请。"

维塔推开了门，她觉得自己仿佛置身于另一番天地之中。

房间里灯光明亮，空气中弥漫着香水、防滑粉和暖烘烘的人体的气味。一个年轻的日本女人正在走廊里双手倒立，并用脚趾头搔着后脑勺。房间里的各处，人们快速地来来往往，摩肩接踵。人们个个脸上都画着艳妆，个个都穿着华丽的丝绸服装，上面点缀着珠光宝气的亮片，色彩缤纷。

三个穿着紧身衣的女人从阿尔卡迪身边走过时，几乎把阿尔卡迪撞到一边。她们边走边用某种语言大声谈笑，维塔猜测是西班牙语。

"这边走。"塞缪尔说道。

维塔想要停下来看个究竟。但是阿尔卡迪一把抓住了维塔的手，把她拽向一个房顶很高的黑屋子里。

"就是这里！"阿尔卡迪得意扬扬地说道。维塔看到，与传统的马戏剧院不同，卡内基音乐厅没有两边的侧厅，而是在舞台两边各开了一扇大门，可以直通舞台。阿尔卡迪用手指了指，说道："我们站在这里，只需靠在门边，我们就可以把一切尽收眼底！"

一个带着俄罗斯口音的声音从他们背后传来。"阿尔卡迪！你在这里干什么？"一个长着蒜头鼻的高个男人居高临下，怒视着他们。"小崽子们，上次我难道没跟你们说过，你们很碍事吗？"

"我们只是想看表演。"塞缪尔轻声说道。

"这是谁？"男人突然对着维塔猛地扬了下眉毛。

"她是我的朋友，"阿尔卡迪的脸涨红了，"维塔，这是我叔叔，他是表演的舞台监督。维塔从来没看过马戏表演，叶甫根尼叔叔！"

"我不能让你来这里——"他刚一开口，便看到了维塔的脸，以及维塔环顾四周的眼中充满的惊奇和热望。最后，叶甫根尼的目光快速向下，扫到了维塔的脚上。

"我明白了。"叶甫根尼的语气温和了许多，他从远处拉过来三把椅子，把它们放在门外。维塔的脸上绽露出微微的笑意，这是她六种招牌式笑容中的第三种。"坐在椅子上，安安静静的，别出声，应该没事的。"叶甫根尼说道。

灯光逐渐暗了下来，走廊里的年轻女子走了过来，然后她也在门外站定。她一边揉着自己的后颈，一边对维塔眨了眨眼。

"她叫麻衣子，"塞缪尔说道，"她是杂技演员里的头牌明星。"塞缪尔的声音中充满敬畏之情。"她和尼基丁一起训练。"塞缪尔接着说。

一个头戴高顶礼帽、身着黑色晚礼服的黑发长腿男子，高视阔步，走上舞台，对着观众说起了话。

"那是我爸爸。"阿尔卡迪说道。他的声音中既有自豪之情，也带着一丝怨恨。

"女士们，先生们，欢迎！"阿尔卡迪的父亲说道，"欢迎来到拉扎伦科马戏团。今晚，我们要向你们展示，世界比你们想象中的更加奇妙，更加疯狂！人体更是可以让一切奇迹黯然失色的奇迹。你们只需要静坐观看，便一定会为之惊叹！"

阿尔卡迪哼了一声："他每天晚上都说一样的话。他不喜欢改变。"

乐队开始演奏，麻衣子在雷鸣般的掌声中跑上舞台。从舞台的一端到另一端，她轻松随意地做了几个后空翻，四肢的动作舒展灵活。塞缪尔叹了口气，并不是因为女孩本身的精彩表演，而是羡慕女孩可以如此轻易地摆脱地球引力的束缚。

又有两个男人登场了，他们一个抓住她的胳膊，一个抓住她的脚。然后他们俩用力猛地推动麻衣子，使其绕着大圈做旋转动作，时而将她抛起，时而又将她接住。稍后，另一个个头较高的女子一边轻快地做着身体的旋转动作，一边登上了舞台，然后她在麻衣子上下起伏的身体间跳上跳下。

这是一种比芭蕾舞更有野性、更放荡不羁的舞蹈所体现的美，维塔想道。

塞缪尔的眼睛瞪得和维塔的一样大。长长的绸子从天花板上垂了下来，麻衣子在绸子间上上下下地荡来荡去，旋转着，扭动着，好像过马路一样轻松。塞缪尔向前探着身子，差点儿从椅子上摔下去。

"我们每周至少要看三次表演。"阿尔卡迪低声说道。对着塞缪尔抬了一下头，"这么多年了，每次她飞起来的时候，他永远是这副样子。"

麻衣子跑下舞台，塞缪尔坐着向后靠了靠，并揉了揉眼睛。一排贵宾犬步入舞台，阿尔卡迪的母亲跟在后面，她是一个身材高大、表情严肃的大胸脯女人。贵宾犬在金色的圆圈中跳进跳出，接着又从其他贵宾犬的身上越过。

"那些是真的金子做成的吗？"维塔问道。

"当然不是！只是在硬纸板上画的而已。"阿尔卡迪说道，"等我有了自己的剧团，我不会搞跳圈表演的，没有什么东西比跳圈表演让它们看起来更蠢的了。我要组建一个完整的乐团，充满着悦耳婉转的鸟鸣声，观众会从全球各地赶来。"

贵宾犬表演结束，一个表演逃脱技能的艺术家上场了。那是一个身材矮小、皮笑肉不笑的波兰人。他被浸在水里，双手被铐在身后。在他表演之后，是一个身穿银色紧身衣的走钢丝演员。见此情景，阿尔卡迪立刻挺直腰板。

"这个！"他说，"看这个！"

一个骨瘦如柴的男人大步走上舞台。在他身后，来了一队由莫斯科领头的马，莫斯科闪闪发光的两肋被金粉擦得锃亮。维塔一看到莫斯科，就倒吸了一口气。

"这是最棒的部分。"阿尔卡迪说道，"这一幕叫'自由篇'，那是摩根·卡瓦扎！"

"卡瓦扎？"维塔转身向塞缪尔说道，"那么，他是你的——"

"他是我的叔叔，没错。"塞缪尔回答道。说完，塞缪尔站起身来，转身向后，走入了漆黑一片的侧厅，消失在舞台上人们的视线之内。

阿尔卡迪说道："他是世界上最棒的表演者。他同意加入马戏团的时候，我爸爸开心得都快要叫唤起来了。他和利比扎马[1]都在维也纳训练。"

"什么？"

"利比扎马！它们是世界上最聪明的马。它们本来是皇帝的坐骑。快看！眼睛都不要眨！"

一曲华尔兹舞曲奏响了。卡瓦扎弹了一下舌头，喊了一句。他说的不是英语。"他用英语和绍纳语[2]驯马——那是一种流行于马绍纳兰的语言。"阿尔卡迪小声说道，"当然，莫斯科也听得懂俄语，那是我教它的。"

马开始跳舞，他们随着音乐声左右前后地摇摆着。

"快看莫斯科，它是完美的。"阿尔卡迪说道，"独

1　利比扎马，原产于斯洛文尼亚，作为一种高级骑术马，是竞技场上最受欢迎的马种。

2　绍纳语，尼日尔-刚果语系班图语族的一种语言，主要流行于津巴布韦东北部班图语系马绍纳人集中居住区。

一无二，它是一匹利比扎马。"

莫斯科用后腿站立了起来，还用后腿走了几步。得意扬扬地轻声嘶鸣，然后缓慢地做了个单足旋转。卡瓦扎赞美着它，说它是马群中的女王，他为莫斯科而感到骄傲。

"很快总会有一天，莫斯科会属于塞缪尔。"阿尔卡迪说道，好像在以人们惯常的方式说"总有一天，他会成为国王"似的。

这一幕表演结束了，卡瓦扎翻身跳上莫斯科的背，然后骑着它离开了舞台。顿时，观众席掌声雷动。

卡瓦扎看到了阿尔卡迪，就立刻停下并从莫斯科背上纵身跳了下来。他问道："阿尔卡迪，塞缪尔在哪里？他刚刚不是就在这儿吗？"

因为心目中的英雄开口和自己说话，阿尔卡迪感到心情紧张，因而面红耳赤。他咽了咽口水，说："是的，先生。他一定是去厕所了。"

"他该不是还做着飞天梦吧？"这男子的口音比塞缪尔要重，带着浓重的颤音，而且舌头上发出的元音带着长长的拖腔。

阿尔卡迪又狠狠地吞了一口口水，好像要把一只癞蛤蟆细细嚼碎似的。他回答说："没有，先生。"

"好的。我已经跟他说过了，现在我再和你说一次，以便你去提醒他一下：他没有其他选择。听到我的话了吗？"

"听到了，先生。"阿尔卡迪喃喃说道。

卡瓦扎瞥了一眼外面的观众，他们穿着一动就沙沙作响的绫罗绸缎。卡瓦扎粗声粗气地说道："我遇到过一个坐着船远道而来的人。他想跳舞，他从原地一跃而起的时候足有 6 英尺高。他们上上下下打量了他之后，然后对他大加嘲笑：芭蕾舞剧团里是不能有黑人王子的。绝对不能有。在世人的想象中，我们这种肤色的人并不值得被善待，我们可以做什么早已经被决定了。可塞缪尔还是个孩子。我的责任是保护他，不让他为之而感到沮丧。"

维塔感觉胸口发紧，然后她说："但是 ——"

他快速地使劲儿摇了摇头，难过地说道："根本没有什么但是！"莫斯科嘶鸣了一声，卡瓦扎抚摸着它的肋腹部。"不管怎么说，练习翻筋斗是没有前途的！

他可以做侧手翻又怎么样呢？那远远不够。他会把时间浪费在廉价的把戏上，但是世人会打击他，把他的心伤透，最后夺走他的一切。再说了，如果没有塞缪尔，那么我走了之后，谁来继续表演这一幕呢？他 14 岁的时候，将和我一起练习驯马。"卡瓦扎叹了口气，再次环顾四周寻找塞缪尔，然后便迈开大步离开了，莫斯科则紧随其后。

两人沉默良久。在此期间，除了塞缪尔在秋千的横木上荡来荡去，脸上容光焕发的样子，维塔什么也没想。她不禁把手指攥成了拳头，然后伸进口袋中。

乐队又开始了演奏。在嘈杂声的掩护下，塞缪尔悄悄溜回座位上。

"你叔叔刚刚在这里 ——"维塔低声说道。

"我知道，我躲在吞火魔术师的水桶后面。"塞缪尔耸着肩，全身僵硬。

"你没事吧？"

"我很好。"塞缪尔挤出了一丝笑容，说道，"这个你应当看看，下一个出场的是拉维尼娅夫人。"

一个美丽的女人从侧厅的另一边走上舞台。她身披一袭黑绸，黑发垂到腰间，手指上满是疤痕，手里拿着许多把小刀。

"你是不愿意在暗夜的小巷里遇到她的。"塞缪尔说道，"看！"

拉维尼娅夫人用四把小刀玩起了杂耍。观众们一会儿屏息凝神，一会儿大声欢呼。她朝舞台上灯光的方向笑了笑，这类似于钢琴演奏大师弹奏音阶获得掌声，因而绽露笑容。接着，她又加了三把刀，再加四把刀，然后是五把刀，直到有十六把刀在空中飞转。她用手在背后稳稳接住了每一把刀。接着，一把和她的手臂一样长的刀在她的指尖旋转了起来。她把苹果和刀抛向空中，然后在它们落下时接住，苹果被干净利落地切成了两半。这时候，观众的欢呼声震耳欲聋。

维塔紧紧抓着椅子扶手，直到毛绒的椅罩都被她的手指揪了下来。她的心中涌起了一股强烈的渴望：如果能让物体按照一个人自己的想法在空中做曲线移动就好了，如果能掌握这个诀窍，那会多么令人震撼！接着，另一个想法飞快地冒了出来：我也可以做到。这个想法如此新颖、悄然而生，不费吹灰之力就浮现在脑际。

拉维尼娅夫人走下台。"大象要上台了。"阿尔卡迪说道。

"大象！一定很棒。"

阿尔卡迪摇了摇头。"它很美，太美了，美得简直让人心痛。但是大象和狗不同。我希望我的爸爸不再用大象来表演，但是他说观众就爱看这个，得迎合观众。"

"为什么？"

"狗是艺人，它们想工作，想表演。但是大象不同，大象只想回家。我跟大象说了一遍又一遍，但是大象就是不听。"

"你怎么知道大象不想工作的？"

"我感觉到了，从这里。"他拍了下胸膛，有点尴尬地咧嘴一笑，然后转身看着舞台。

卡内基音乐厅的舞台很大，宽得足够40个人肩并着肩站在上面。维塔知道，世界上最伟大的音乐家们都曾踏上过这块木地板。然而，大厅突然变得矮小、毫不起眼、脆弱易损，不能再激发起人们的兴趣，因为那只庞然大物正从远处另一边的门里出来，走上舞台。

　　大象浑身装饰着缎带，一块红色的绸缎盖在大象背上，两眼之间垂着一块金色的三角形丝绸。大象的一只耳朵被人们穿了孔，上面挂着小小的金色耳箍，一根金丝链穿过耳箍，晃来晃去。大象的两条前腿之间拴着一根银链。一个身形瘦长的男人，拿着一根又长又细的棍子跟在后面，男人汗涔涔的光头上泛着光。

　　大象站在那里，望着场内的观众，把鼻子伸到半空中，好像在搜寻着什么。观众们瞬间安静了下来。

　　那人一声令下之后，只见大象用两条后腿直立起来，同时发出吼叫声，接着前腿向下重重落在地面上。地板随之晃动，木屑也随之在整个舞台之上飞溅。见此情景，塞缪尔急忙用他的手肘护着脸部。但一片木屑还是冲维塔的右眼飞来，维塔只得向左侧身闪躲。

　　阿尔卡迪尽力压低嗓音嘀咕了一句，维塔确定那绝对是句脏话。

　　那人又嚷嚷着下了一道命令，然而大象纹丝不动。那人再次叫嚷，大象却仍然待在原地，它的双眼注视着剧院刷上了颜色的屋顶，还有底下一排排坐着的屏息凝视、充满期待的观众。那双与其说是褐色，不如说是金色的眸子闭上了。

维塔感到她自己的双眼一阵刺痛，这着实出乎她的意料。鼻梁也酸胀起来，就像眼泪即将夺眶而出。维塔眼中带着怒气，死死盯着自己的左脚，试图把自己身体中涌起的眼泪咽下去。维塔眼中所看到的不再是卡内基音乐厅，而是被某种她无法看清的东西侮辱并紧紧束缚住的外公。

男人用棍子向前探去，灯光打在棍子的顶端。维塔猛然发现，棍子的顶端根本不是木头，而是像刀一样锋利的铁钩。维塔顿时觉得心头一阵发紧。维塔看不清到底发生了什么，但只听得大象一声惨叫，同时又见大象挺起身来，确切说是大象只用一条后腿就站立起来。

观众们纷纷欢呼雀跃。那男子鞠躬致意并领着大象按照原路下了台，走出了刺眼的聚光灯，消失在舞台侧厅后的黑暗中。

观众席上的灯光开了。观众们开始大声交谈起来。维塔站起身来扒着门边，看着观众席上的人们纷纷离席，看着不同款式的丝裙来回摆动，最终剧场的座位渐次空了下来。她正准备问问能不能见到那头大象，就在这时，眼前的景象让她突然停住了呼吸，几乎半个身子动弹不得。

在一个包厢里，一名男子正准备站起身来离开，向一个身穿灰粉色礼服裙的金发女人伸出手来。男子转过身的当口，恰好与维塔的眼神相对。当时维塔站立着，她正想要迈步走下舞台。

那个男子就是维克多·索罗托雷。

第十一章
逃跑

恐惧感攫住了维塔的身体，她不由得往后退了几步。因为维塔看到索罗托雷的脸上掠过了一阵夹杂着暴怒和嫌恶的惊愕表情。索罗托雷一路小跑从包厢中溜了出去。

维塔快步跑进阴暗处，打算向阿尔卡迪和塞缪尔求助。她努力要战胜这种恐惧感，击退恐惧感，不被恐惧感吞噬。

"我们得走了。"维塔说。

"去哪里？我们就住在这儿！"阿尔卡迪说。

"索罗托雷在这里。他看到我了，如果他找到我的话……我身上有他的戒指。"

阿尔卡迪皱了下眉头，问道："什么戒指？"

"我从他的壁炉架上拿了一枚戒指，我认为那一定是某种恐怖罪行的证据。曾经有人来搜过我的家，还在我的床底下搜戒指——"

"但是——"阿尔卡迪开口说道，然而塞缪尔打断了他。塞缪尔看到了维塔眼中惊恐的神色。

"我们不能在这里坐等。"塞缪尔说，"有钱的观众是可以来后台的。我们得走后门。"

他们穿过走廊，从侧厅迅速跑了出去。维塔在打滑的地上绊了一下，跌了一跤，木地板把维塔的手掌蹭破了，但是维塔再次站起身来，她的目光中带着不容旁人品头论足的眼神。三人朝着虚掩的舞台后门跑去，夜风吹了进来。塞缪尔跑在三个人的最前头，直接快速穿过后门。

塞缪尔没有发出任何警示，突然把身子往后一退，乘势一把拉开了走廊近处的另一扇门，猛地把维塔推了进去。三人站在一个乱糟糟的道具柜里：面具、斗篷、驴头，以及一堆用来做假胡子的头发。所有这一切叠放在架子上，摇摇欲坠。

"发生了什么事情？"阿尔卡迪发出不满的嘘声，"现在可不是打扮的时候。"

"外面有人。"塞缪尔说道。

"他长什么样？"维塔问道。

塞缪尔摇摇头。"我只瞥了一眼。那人很高，长着深色头发。一看就是一张富人的脸，涂了很多发油。"

"听起来像是他，"维塔环顾四周，房间没有窗户，问道，"我们被困在这里了吗？"

"我们要从另一边出去。"塞缪尔说，"穿过大堂和那些正门，混在人群里走出去。"

阿尔卡迪从架子上抓起他父亲的高筒礼帽，说："戴上这个。"帽子太大，向下耷拉，遮住了维塔的耳朵。然后他抓起一把假胡子，努力把它固定在了维塔的上唇边。

塞缪尔说："这可真是混入人群的好方法，给一个女孩贴上胡子，戴上大礼帽。"

"那么应该怎么办？"阿尔卡迪问。

维塔把礼帽和胡子放回架子上。塞缪尔从挂衣钩上取下一个深棕色的呢绒帽并塞给她。这下很合适。维塔把帽檐压低，正好遮住眼睛。

"这下好多了，"维塔说，"我们走吧。"

　　他们跑回走廊，穿过两扇侧门，一下子就跑出来了，进入了灯火辉煌的门厅，眼前就是那座壮观的弧线型楼梯。一对父母带着四个孩子正慢慢从楼梯上走下去，一家六口都穿着考究的衣服，三岁的那个嘟嘟囔囔地走在前面。塞缪尔把维塔推到了他们身后，维塔努力让自己看起来像是其中一员。

　　在楼梯下面，站着那个身着灰粉色裙子的女人，她正盯着手表。她身边，是一个梳着白金色发辫的女孩，女孩把自己紧紧裹在一件薄外套里。

　　维塔看着人群，努力让自己看上去普普通通。的确，对于路过的人来说，她不过是另一个来剧院的人，尽管她选择帽子的品位很不普通。

　　梳着白金色发辫的女孩转过身来，维塔内心一颤，是希尔克。希尔克向下撇着嘴，活像一个马掌。希尔克的双眼盯着维塔身后的什么东西。

　　维塔顺着希尔克的目光转过身来，只见大厅的角落里出现了一个身影，身着黑色羊绒大衣的索罗托雷突然进入了视线。

　　索罗托雷经过的时候，维塔悄悄溜到了最高的孩子身后。

一切都发生得太快了。希尔克穿过人群，走到索罗托雷前面，她低下头并快速伸出了双手。

索罗托雷属于那个可以做到对穷人视而不见的阶级，他对希尔克视而不见。相反，索罗托雷叫住了那个穿着灰粉色裙子的女人。"对不起，亲爱的，我说过不要等我！我以为我看见了一个之前的生意伙伴。"索罗托雷挽起女人的手臂，转过身去，扫视了一遍身后的楼梯。维塔低着头，挤进那户人家，不声不响地躲在那位母亲身后。索罗托雷嘶的一声发出了气恼的声音，向左转过身去，向着中央公园的方向，和那女人一起步行离开了。希尔克则是沿着相反的方向出发的，几乎是一路小跑。见此情景，维塔深吸了一口气。

这家人突然发现一个头戴呢绒帽、穿着红靴子的女孩出现在了他们之间，六人不约而同地对维塔扬起了眉毛，维塔血液里涌动的肾上腺素让她不再觉得尴尬。此时，阿尔卡迪和塞缪尔也跑下台阶，来到维塔面前。

"他看见你了吗？"阿尔卡迪问道。

"你还好吗？"塞缪尔问。

维塔点了点头："我们得跟上去。"

瑞姆斯基从卡内基音乐厅的屋顶扇动翅膀飞下来，落在了阿尔卡迪的肩膀上。

"跟踪索罗托雷？"阿尔卡迪说，"你疯了吗？"

"不，跟踪一个女孩。"

塞缪尔露出了他那似笑非笑的表情，说道："是一个特定的女孩呢，还是随便跟一个？"

"我会在路上解释给你们听，我知道她要去哪里。"

第十二章
地下酒吧

从卡内基音乐厅到包厘街路途漫长，寒风凛冽，光线昏暗。好在天上有繁星闪烁，人间的城市灯火通明。瑞姆斯基站在阿尔卡迪的肩膀上，三人低头顶着刺骨的寒风，以维塔能达到的最快速度向前进发。维塔想道，还好在纽约并不是那么容易迷路，因为大部分街区的布局都方方正正，比如从东 22 街到东 23 街的路就像是多米诺骨牌一样整齐。

他们一边走，维塔一边告诉他们关于希尔克，达科塔公寓发生的盗窃，以及撬锁的种种故事。

"希尔克说她不会帮忙？"塞缪尔问道。

"是的，她说她从来都是一个人工作。"

"所以……"一阵礼貌而令人尴尬的沉默之后，塞缪尔开了口，"我们为什么还要去找她？"

维塔把折叠刀从口袋里拿了出来，抛向空中，并用手在身后接住。此刻，她的全身充满了兴奋感。"因为！因为她在卡内基音乐厅等人，我想她是在跟踪索罗托雷。我想知道为什么。"

"可能只是个巧合。"

"我不相信希尔克会制造巧合。"这个爱尔兰女孩的神情清楚地表明，她觉得命运是一个侮辱人的概念。

他们越往南走，街道就越空，两边的景象也表明这里的犯罪行为更加盛行。他们经过几家油漆剥落的餐馆，里面正在宣传一些听起来不太对劲的食物：猪心，羊脚……他们经过另一家餐馆，菜单用白色水彩笔写在了窗户玻璃上，在菜单上方，还写着"包厘酒吧"。

"这里就是包厘街了。"

"我们到这里来是为了……"阿尔卡迪的声音越来越弱，好像留下了一个问号。

"因为她说，'你在包厘街三分钟都活不下去。'我们分头行动吧，她一定就在附近。"维塔说道。维塔的语气比她自己想象的有自信多了。

阿尔卡迪沿着包厘街出发，塞缪尔沿着普林斯街寻找，维塔则朝着基丝汀街走过去。

维塔走过小巷，向巷子里望过去，却只能看到一个又一个垃圾箱。她经过一家音乐剧院，剧院正在宣传《黛西·约翰逊和她蹦蹦跳跳的小孩儿》。接着，她躲过了一只没有尾巴的大猫，然后又绕开了一只中等大小的老鼠。就在寒气渗进维塔的膝盖和手肘、风带走维塔脸上所有血色的时候，她朝海斯特街附近的一条巷子里张望，并一下子发现了希尔克。

希尔克不是孤身一人。她背靠着墙站着，面前是维塔在达科塔公寓外见到的那两个男孩。他们看起来十岁刚刚出头，却有着成年人的身形。一个男孩又高又瘦，另一个矮个儿男孩的手臂和腿部则长着结实的肌肉。

他们似乎在指控希尔克做了什么错事。

“骗子，”高个儿男孩说道，“我们得到了确切消息，你当时就在音乐厅里。把你手上的东西给我们。”

“我什么都没拿到，我说过了！”希尔克说道，“我只是在观察。”

矮个儿男孩长了一张律师一样的脸，他说：“你在骗人，是吧？”

"我们不想惹麻烦，"高个儿男孩说道，"但是我们也不怕麻烦，把东西交出来！"

"滚开，别缠着我。"希尔克说道。她的声音听起来满不在乎。但是在街灯的照耀下，她的脸却是一片惨白。

矮个儿男孩把手搭在希尔克的上臂。希尔克甩掉了男孩的手，嚷道："别碰我！"

"别以为我们会因为你是个女的就不打你，"高个儿男孩说道，"我们可不管那些条条框框。"

维塔抬眼怒视了一下天空，然后从街角走了出来。"放开她。"她说道。

两个男孩转过身来，瞪大了眼睛，开始还有些惊讶，随即便恼怒起来，带着半开玩笑的嬉笑神情。

"这是你的朋友？"

"她的脚怎么了？"

"她为什么穿得像个私家侦探？"

维塔摸了下借来的呢绒帽，脸涨得通红。"我说，你们放开她！"

希尔克的脸因为尴尬而显得万分苦恼。"你走开。"

她带着怒气，对维塔小声说道，"我没事。"

维塔把手伸进口袋，想找个能投掷的东西。她把口袋中的折叠刀和笔记本推到一边——那是属于她的珍贵之物，那不是为这样的时刻准备的——尽力摸索着，其他任何东西都行。除了折叠刀，就只有卡内基音乐厅发的、已经被紧紧卷成小纸筒的传单，还有一些衣服上掉的绒毛。

矮个儿男孩转回来面向希尔克，他握住了希尔克的两只手，紧抓着不放。矮个儿男孩说："把钱包交出来，我们就让你走。"接着，他猛地扭了一下希尔克的胳膊，然后把她的双手提起别在身后。

维塔的心因无比愤怒而猛地一阵抽动，维塔什么都没想，就朝那个男孩冲了过去。

男孩挥起那砖头一样大的拳头打在了维塔的太阳穴上，维塔向后踉跄了几步，眼冒金星。不过为了揍维塔，男孩的手不得不放开了希尔克。希尔克趁机往巷子那头跑去，那却是个死胡同。希尔克害怕得倒吸了一口冷气，便立刻不再作声。

维塔听到了希尔克倒吸冷气的声音，那让她更加怒不可遏。人们一向认为小女孩不愿意承受痛苦，更不会给其他人制造痛苦。而此刻维塔方才懂得，只有出其不意的出击才能使她化险为夷。于是，她挺直腰板站起身，扶住墙保持平衡，同时用右脚狠狠地向矮个儿的脚背踢出去。从被仅 5 英尺高、有着狐狸毛般红色头发的女孩袭击而产生的惊诧中反应过来，大概需要 5 秒钟——她给自己争取到了这 5 秒钟的时间。当男孩痛苦地弯下腰的时候，维塔立刻用膝盖狠狠地猛击男孩的下身。

"快跑！"她对希尔克嚷道。

可希尔克没有跑。她转向高个儿男孩并直视着，然后向前用力猛扑，一下就咬住了他的锁骨。他惊愕地叫了起来，随即两个人紧紧撕扯在一起，朝着对方又是踢打又是吐口水。

此时矮个儿男孩站了起来，膝盖上全是灰。他握紧了拳头，意图明显地挥舞着。维塔刚侧过身子想弯腰躲避，可立刻肩膀就被狠狠捶了一下，疼痛难忍。矮个儿男孩抓住维塔的胳膊不放，她则用脚予以猛烈回击。最后，维塔腾出手来，并把手伸进口袋，抓起紧紧卷成细筒的传单，把它使劲塞进了他的鼻孔里。

他大叫了一声，双眼泪水直流，维塔接着低下头，一口咬住他抓着自己的那只手。矮个儿男孩挣扎着摆脱了维塔，并瞪大眼睛，长时间盯着她说："你是有病吗？"

就在这时，小巷那边响起了沉重的脚步声。维塔理了下头发，擦了擦眼旁滴下的汗水，把大拇指扣进拳头里，做好打架的准备。塞缪尔出现在街角，后面跟着阿尔卡迪，瑞姆斯基在他头顶扑腾着翅膀。阿尔卡迪举起长长的臂膀，准备迎战；塞缪尔的双眼也因为怒气冲冲而寒光四射。

塞缪尔和阿尔卡迪先立定片刻，待观察清楚现场之后，就朝小巷深处飞奔而去。阿尔卡迪大吼了一声战斗号令，二人同时朝那两个男孩径直冲了过去。

矮个儿男孩已经招架不住了。他转过身从阿尔卡迪身边飞快逃跑了，高个儿男孩因恐惧而张着嘴，跟在他后面。瑞姆斯基也紧随其后，负责在他们逃跑的时候对他们进行俯冲攻击。

"你还好吗？"阿尔卡迪问道。

维塔点点头，因喘不过气来而无法开口说话。

大家沉默了好一阵，希尔克往墙上吐了口血，维塔整理了下自己的靴子。

希尔克先说话了："你不需要那么做。"

"别担心，我 ——"

"不，我的意思是，我原本就不会有事。我不需要帮助。"

维塔想要反驳，却不想显得粗鲁无礼。她费了九牛二虎之力才把已到嘴边的脏话咽下去。维塔转而问道："他们还会再来缠着你吗？"

"我不知道。"希尔克回答道，"如果我还继续使用他们的地盘的话，那么也许会吧。"看到维塔皱紧了眉头，希尔克又粗声粗气地加了一句，"也许不会了，他们更可能觉得我很浪费时间。"

"你可以把瑞姆斯基借走，"阿尔卡迪说，"如果你需要瑞姆斯基的话，它就像是护卫犬一样。"

塞缪尔说道："你在流血。"

"谁？是我吗？"维塔说。

"你们两个都在流血。"

维塔抬起胳膊，看到血正从大衣手肘位置的破洞里滴出来，她摔倒的时候衣服被扯破了。"不要紧。"维塔说道，然后她转身面对希尔克说，"你额头也在流血。"

希尔克抹了下额头，对着手指上沾着的血迹做了个鬼脸，发出了一声"呃"。

阿尔卡迪从身上掏出一块手帕递给希尔克。希尔克似乎已经很久没见过干净的东西了，但还是用手帕轻轻擦了擦自己的额头。她先看了看气喘吁吁、愁眉不展的阿尔卡迪，又看了眼正在擦手的塞缪尔，最后目光落在了维塔身上，维塔也一眼不眨地回望着她，目光比平时更加热烈。

接着，希尔克的嘴角慢慢抽搐了一下。

"好。"希尔克说道。

"什么好？"维塔问道。

"好，我答应你。我加入你们，我会成为你们中的一员，就这样说定了。"

一股暖流涌上维塔的胸口，足以击退夜晚的阵阵寒意。尽管如此，但维塔还是答道："我以为你从来不会和别人合作的。"

　　希尔克耸了耸肩，然后说道："你是例外啊。"她们两个人都突然微笑起来，显出一模一样的惊讶表情。

　　"我会付你钱的。"维塔说，"只要我们能把绿宝石卖一个好价钱，我发誓。"

　　希尔克耸了下一边的肩膀，说："这次我不想要钱。"

　　一滴雨水落在了维塔的脸上，开始下雨了。"我们找个可以说话的地方吧。"维塔说。

　　"我们可以去吃汉堡吗？"阿尔卡迪说，"我可以把整个厨房都吃空。"

　　街角的餐馆已经客满，熙熙攘攘。然而当阿尔卡迪要走进去的时候，希尔克却摇了摇头："这家店不让我进，这附近大部分的店我都进不去。"

　　"为什么？"阿尔卡迪问道。

　　希尔克阴沉着脸说道："你说呢？走这边吧，沿着这条小巷走。"

　　维塔壮起胆子提了个问题："为什么你会去卡内基音乐厅？"

希尔克又摇了摇头，答道："我们不应该在这儿说，等一下。"她领着众人几乎是一路奔跑，在又跑过了两条街之后，朝着一家商店的大门径直走了过去。"快进去，要不我们就要湿透了。"

阿尔卡迪停住了脚步，脸涨得通红。"我们不能进去！"他说。

"为什么？"

"这家店卖……胸罩。"

维塔看了眼橱窗，阿尔卡迪是对的：店铺里挂满了林林总总的蕾丝织物和绸缎衣服，还有一个眼睛长得酷似少将的假人模型正在为紧身胸衣做模特。

"我还以为你会说这里有吃的呢。"塞缪尔说，"我可不吃内裤。再好的朋友让我吃，我也不吃。"

"哦，天呐，在地下室有个地下酒吧。"希尔克说道。

"地下酒吧？"维塔问道，"你说的该不是……普通酒吧？但那不是违法的吗？"

"当然是违法酒吧！我只是提醒你，你不是要找一个讨论犯罪行动的地方吗？"

"我们能进去吗？"阿尔卡迪问道，"不是必须要

21 岁以上才可以吗？"

"他们会让我进的，"希尔克说，"你们跟我在一起就行。"

维塔疑惑地看着希尔克，又低头看了眼自己手肘上的血迹和衣服上的破洞——这一切竟然是真实发生的。希尔克大步流星，走过商店里的一排女式短裤，向着柜台后面那位外貌相当体面的老妇人点了点头。

"晚上好，贝蒂，"希尔克说，"生意怎么样？"

"晚上好，苏珊。"妇人对着她面无笑容地点点头，"不好不坏吧。"和希尔克一样，这妇人说话也带着点爱尔兰口音中某种特有的尖刻语调。她按了下柜台下面的按钮，收银台后面的墙咔嗒一声，旋转着向后打开了，门后通向地下的粗糙木制楼梯映入眼帘。"快点，别把警察引过来，我可不想让他们在店里的紧身胸衣中里翻来翻去。"

希尔克领着大家下楼。此时，音乐声从楼下一面厚实的黑色帘幕后飘了出来。

"苏珊是谁？"阿尔卡迪问道。

"确切来说，是我，"希尔克说道，"但我已经好几年不叫这个名字了，现在我叫希尔克。"她拉开帘幕，维塔走进了一个金光闪闪的舞池。

一个四人乐队正在小舞台上演奏。大理石地面上，12 对男女正翩翩起舞。这种舞蹈讲究精湛的技巧和欢快的律动，以舞者急速但不流畅的手臂及腿部动作见长 ——这是一种维塔没见过的舞蹈。其他为数更多的情侣则围坐在小圆桌旁吃吃喝喝，其中一对正热烈地接吻。在维塔看来，像是焊在了一起似的。在宽敞的大理石壁炉里，柴火正熊熊燃烧，屋子里暖洋洋的，极其舒适。

这一行人走近的时候，柜台后面有人惊讶地抬起头看着他们，"希尔克，小朋友，你在这儿干什么？你最好不是来工作的。"

"我不在这里工作，"希尔克说，"你知道的。不论怎样，我基本已经不干了。"她的声音听上去有些不一样，她口中发出的元音较为含混，听上去也显得更为费力生硬。"我们饿了。你有什么吃的吗？"

"希尔克，现在不行，我正值班呢。再说了，如果警察来了，发现这里有一群小孩儿，我可就 ——"

希尔克的脸颊和脖子上泛起了一圈红晕。"你欠我的情，托尼。是我从那帮小孩儿那里帮你把你祖母的骨灰盒偷回来的。连你自己都这么说。"

托尼叹了口气："你们有多饿？"

"非常饿！"塞缪尔说。

"我能吃得下一匹马。"阿尔卡迪说。

"真的吗？你是认真的？"托尼眼中突然闪现出发明家所特有的光，他说："我没有马，但我在用绿海龟的心脏和蘑菇汁做试验，你想尝尝吗？"

"呃……"阿尔卡迪说。

"或者我给你做一道浓汁鱼尾肉丁？"

一种文雅而沉默的气氛大范围地弥散开来，先是注满了整个壁炉，然后又爬上了烟囱。

"这是拒绝的意思吗？"托尼问道。

"你有没有一些较为……"塞缪尔犹豫了一下，说道。

"正常的食物？"阿尔卡迪说道。

男人叹了口气，说道："到那里边去。"他指了下左边的门，并告诉他们："别吵，我马上就过去。"

房间里空无一人，也比别处安静许多。地板上没有锃亮的地砖，而是铺满了锯木屑，还有许多倒放着的木质货箱。一个啤酒桶代替了桌子，屋内散发出煤油灯的味道。房间里很温暖。维塔感觉肩膀轻松多了，她深吸了一口气。

"这是服务员休息的地方。"希尔克说道，她正坐在一个木质货箱上，"但他们刚刚换班，还有好几个小时才下班。我们可以在这里说话，没有人会听到的。"

"好。"维塔说道，"告诉我，为什么你今天晚上要去看马戏表演？那不是个巧合，对吧？"

"对的。"希尔克说道，同时她把手伸进了口袋，掏出一个和书本一般大的棕色皮夹，"我想要这个。"

"这是索罗托雷的？"维塔问道，尽管她已经知道了答案。钱包的皮子上闪耀着某种光泽，这意味着财富。

"是的，我一路从达科塔公寓跟到了卡内基音乐厅，一直在外面等着他。"

"你肯定冻坏了。"塞缪尔说。

希尔克耸耸肩。"我想要这个。"她又说了一遍。她把钱包放在了倒放着的啤酒桶上。

"你偷了他的钱包。"阿尔卡迪问道，"为什么要这么做？"

"他没付我钱。那天晚上我在他的聚会上工作，把他们给我的制服弄脏了，索罗托雷说那件衣服的价值比我一晚上的工资还高。"

"你还打碎了一座雕像。"阿尔卡迪指出了这一事实，"维塔都跟我们说了，你还偷他客人的东西。"

"没错，"希尔克说，同时愠怒地瞪了阿尔卡迪一眼，"但他不知道那些，所以那仍然是不公平的，况且……"

"况且什么？"维塔说。

"像他们这样的人，会在钱包里放很多东西。你曾经把索罗托雷做的事告诉我。于是，我一直在思索他的种种劣迹。我想知道为什么像索罗托雷这样的人总是能笑到最后。"

维塔频频点头，同时她们四目相对，彼此心领神会。

"所以我想看一眼。如果里面有什么值得研究的东西，也许我会把这些交给你，不过现在你直接找到我了。"她拿起皮夹，递给了维塔。

维塔小心翼翼地接了过来。触感柔软的皮夹昂贵而时髦，就像它的主人一样。维塔突然感到一阵难以预料的冲动，她想要跑到另一个房间，把钱包扔进火里。

然而她并没有那么做。她把里面叠好的钞票拿了出来，递给了希尔克。里面有几张收据，还有一封未拆封的信，上面写着："达科塔公寓的维克多·索罗托雷先生收"。

她正要打开信，这时门猛地打开了。维塔甚至还没来得及把钱包塞进大衣藏好，托尼就已经倒退着撞进了房间。

"来，"他把手中拿着的托盘重重地放在了啤酒桶上，"你们这群小孩儿对食物缺乏好奇心，这是你们的问题。美食的过路人！这是我个人的说法。"然后他大摇大摆地走了出去，关上了身后的门。

托盘上摞着大块的热腾腾的肉，肉的边上是半条面包。还有几个苹果，几个加利福尼亚橙子，一块黄油和几片有维塔的手掌那么大的奶酪。托盘中间放着一瓶番茄酱。

"牛排！"塞缪尔说道，"太好了！"

四个果酱瓶里装满了白色的液体，泛着泡沫。维塔警惕地闻了一下。

"是牛奶。"她放松地说道，并喝了一大口。天气太冷了，她的鼻梁都被冻疼了，喝进胃里的牛奶，让维塔重新鼓起了勇气，这股勇气从她体内向外喷薄而出。

他们用手抓着饭吃，拿切面包的刀涂抹黄油，用塞缪尔藏在口袋里的铅笔把番茄酱从瓶中倒出来。维塔狼吞虎咽地大口咀嚼着食物，她被享用美食的快感吞噬了。他们用她的折叠刀切开奶酪，发现奶酪又浓又咸。

他们的嘴巴渐渐放慢了速度。最后，只剩下阿尔卡迪还在狂吃。塞缪尔不耐烦地做了个倒立动作，一只脚搭在墙上。阿尔卡迪则伸手去拿第八片面包。

"阿卡，你还没吃饱？"塞缪尔说道，全身仍然倒立着。

"我相信，在食物从你的耳朵里冒出来之前，你还应该继续吃，要不对厨师多不尊重啊。"阿尔卡迪说道。他的下巴上沾着一小块黄油。等他终于嚼完了，他转过脸去并看着维塔。另外两双充满期待的眼睛也同样转向维塔。

　　维塔把手伸进大衣口袋，拿出了自己的红色笔记本。她犹豫了一下，同时她的目光在三双信任的眼睛间游移，感觉自己的心脏在胸腔里狂跳着。然后她打开了笔记本。

　　"这就是我们要做的。"她说。

　　"你已经写出来了？"希尔克厉声说道。她拿起笔记本，翻了翻：图表、列车时刻表、待办事务。"这样做真的合适吗？如果别人发现了，该怎么办？"

　　"我用的是首字母缩写，不是真名。我时刻都把笔记本带在身上，"维塔说，"没有人会拿到它的。"

　　她快速地讲述了一遍计划。尽管他们三个人都已经知道了内容，但他们还是全神贯注地听着。

　　"我们可以用代号吗？不用缩写？"阿尔卡迪说，"我想叫惊天大盗。"

　　"不行。"希尔克坚定地拒绝了。

　　"我们要挖的喷泉，具体位置在哪里？"塞缪尔问道。

　　"在有围墙的花园里。"

"有围墙的花园在哪里？"

她翻到下一页，上面有复制的城堡图纸。

"这里。"她指了指，拿起塞缪尔的铅笔圈了出来。

"画一个标记 X 吧。"阿尔卡迪说，"藏宝图里总是有个 X。"

维塔在图纸上画了一个 X，颜色很深。"绿宝石项链。"她写道。

她正画着，酒保托尼又回到了房间。维塔赶紧把笔记本推到了大腿上。托尼看了眼几乎变得空空如也的托盘，又看了看阿尔卡迪满是黄油的脸，然后点了点头。

"很好。我不喜欢浪费。"

然而就在托尼弯腰捡起四个空空的果酱罐的时候，维塔发现他正上下打量着他们，像是在电梯间里打量人那样。维塔看到托尼皱了下眉。托尼张开嘴仿佛想说点什么，然后嘟囔了一声，走了出去。

塞缪尔也看到了托尼的神情，转身看着希尔克说道："他不会告发我们的，对吧？"

希尔克也一直在看。她说："嗯，尽管我不喜欢他的样子，但是我认为托尼不会去告发的。我想他觉得我们看起来很诡异，很奇怪。"

　　维塔看了看男孩们，又看了看希尔克，努力猜想：如果自己不认识他们，会怎么看他们。

　　阿尔卡迪穿着一件鲜红色毛衣 —— 你站在几英里外都能瞅见他，戴着一直没有归还给维塔的宝蓝色的围巾，毛衣和围巾搭配起来，让他看起来仿佛是一面战旗。塞缪尔在外套里面穿了一身亮黑色的杂技演员的表演服，那是为了让动作舒展灵活而专门设计的。希尔克看起来要好一些，她穿着一件小得不合身的羊毛裙和一件很厚的针织套头衫，她的衣服显得她一直没人照顾，甚至有些衣衫褴褛。维塔明白，人们害怕那些看起来穿得不好的人，好像他们担心贫穷会传染一样。而维塔是其中最引人注目的，她的左脚向内弯曲，穿着一双鲜艳的绸布靴子。

　　塞缪尔和她想的如出一辙。

　　"我们需要的是伪装。"塞缪尔说。

　　"没错！"维塔说。她需要一条下摆更长的裙子，来遮住自己的左腿。

　　"伪装？"阿尔卡迪问，"为什么？"

"你穿的衣服会改变别人对你的态度。"塞缪尔说道，"你知道，有些衣服好像在说'爱我吧'，有些好像在说'相信我'，另外一些则好像在说'别理我'。"

"没错！"维塔说道，"我们需要那种好像在说'我们一生下来就没有危险或者非法的想法'的衣服。如果有人在我们去城堡的路上看到我们，我们需要他们觉得我们没问题，然后把我们彻底遗忘。"

"那是什么样的衣服呢？"希尔克问道。她警惕地看着自己裸露的膝盖。

维塔想到了王室的孩子们所穿的家居服。

"贵的那种，我想。"维塔说，"没有人怀疑富人。那种好像在说'有一家银行以我的姓氏冠名，这绝不是凑巧'的衣服。那样的衣服才会有这种效果。"

"灰色或者棕色。"希尔克坚定地说道，"那种看上去让人充满敬意的颜色，比如类似泥巴的颜色。男孩穿灰色的长裤和夹克衫，我们穿长裙。"

"这主意好。"塞缪尔说，"我们怎么弄到这些衣服呢？"

"公然抢劫一个神父，行吗？"阿尔卡迪提议道。

　　闻听此言，维塔怒视着阿尔卡迪。然后所有人的眼睛都看着希尔克。

　　希尔克顿时脸红了，并说道："我是扒手，但我不能把整套衣服都偷给你们。"

　　"你就不能偷些钱给我们买新衣服吗？"阿尔卡迪说。

　　"不能。"希尔克的神色变得严肃起来。然后她面无表情地说："我办得到，但是我不想那么做。"

　　"但是——"阿尔卡迪继续说道。

　　"我受够了，可以吗？"希尔克高高耸起了肩膀，吐出了几句话，"我不想再耍花招骗人，不想再撒谎，不想再躲来躲去！你们不知道那样的生活是什么样的，每天我的心都提到了嗓子眼儿里，就好像是鸡骨头卡在喉咙里一样。我想像你们三个人一样，我想当一个普通的小孩儿。"

　　"我不觉得我们中间有普通人。"阿尔卡迪说道。他的话听起来好像他被羞辱了似的。

　　"我的意思是，有人给你喂饭吃，是不是？会有人关心你，给你做三明治，帮你洗衣服。当你的手够不到的时候，有人帮你扣扣子。但是没有人为我做这些。"

尽管希尔克很坚强，手肘和下巴都尖尖的，但她突然仿佛骨瓷一样易碎。她瞪了眼自己脏兮兮的指甲，然后说："所以，不，我不会那么做。"

大家都不作声了。维塔也感觉自己笨嘴拙舌，努力想找点安慰的话。她向希尔克坐着的地方俯下身去，用指尖短促地揉了一下她的脚踝。这个世界是如此的不公平和畸形。

但塞缪尔的脸却突然变得神采奕奕，容光焕发。"我知道了！"他说。

"什么？"阿尔卡迪说。

"快告诉我们！"维塔说道。塞缪尔被大家寄予厚望的想法极具感染力。

"失物招领处！这个城市的每个地方都有失物招领处——每个电影院、火车站和餐厅都有，连卖参观自由女神像门票的地方都有。"

希尔克抬起了她非常好看的浅黄色眉毛："人们可不会把裤子弄丢。"

"在旅馆里住的客人往往会弄丢！"他说，"在那些抽屉里！我们只需要把自己弄得外表光鲜干净，然后挨个儿去每家酒店，告诉他们：我们的朋友在房间里落下了一条裤子，一件夹克衫，一条裙子，或者别的什么东西。然后问问他们失物招领处有没有。"

"这是个好主意！"维塔说。

"什么时候行动？"希尔克说。

"明天！"维塔说，"越快越好。"

"然后呢？"阿尔卡迪问道。

"然后我们就可以行动了！"

"行！"希尔克说道。她转身看着维塔，盯着她瘦削的双手和血迹斑斑的肘部。她接着说："因此他们两个男孩的任务分别是爬墙和驯狗。我负责撬开那带围墙的花园门上的锁。你到时候干什么？"

塞缪尔和阿尔卡迪也转头看着维塔，仿佛他们从没想过这个问题似的。

"嗯，毕竟是为了我家的绿宝石啊。"维塔带着通情达理的口吻说道。

"但你可以做点什么呢？"希尔克问道。

维塔的大脑变得一片空白，无言以对。她把手插进口袋，手指碰到了那把折叠刀。突然她想起拉维尼娅夫人和她那双眼睛里的锐利眼神。

"等一下。"在啤酒桶上用来切面包的餐刀旁边，只剩下一点没被吃完的面包。她拿起面包，一个苹果和一个橙子，把它们并排放在壁炉架上。

"这是我外公教我的。"她说道。

她走到房间的另一头，一手拿着用来切面包的餐刀、用来切牛排的餐刀和自己的折叠刀。她甚至没有停顿一下，来确保让其他三个人注意她，就把刀抛了出去。刀飞过他们的头顶，直接朝着壁炉架飞来。他们尖叫着弯腰躲闪，然后转过身看着壁炉架。

用来切面包的餐刀把苹果切下了一块，用来切牛排的餐刀径直插在面包里，而她自己的瑞士军刀则直插橙子的中心。一霎时，房间里充满着远方阳光带来的香气。实际上，她原本想像拉维尼娅夫人在卡内基音乐厅做的一样，把苹果切成对等的两半，不过她没当众开口承认这一点。

"我可以干这个，"她说，"我可以做'以防万一'的活儿。"

他们排成一队，安静地离开了。自从他们来了之后，屋子就慢慢挤满了人，几个男人坐在酒吧吧台旁边的凳子上，都喝得烂醉如泥。

"嘿，小孩儿，你叫啥名字？你是杰克·威尔斯的外孙女！"

维塔猛地转过身来，只见迪林杰正坐在一张凳子上，看起来比在公园的时候还邋遢。他的衬衫没有塞到裤子里头，嘴里叼着一支沾满口水的雪茄。

塞缪尔走上前来，希尔克攥紧了拳头，但维塔却摇了摇头。

"让我来。"维塔说。从近处看，迪林杰的皮肤是灰色的，他的手指紧抓着吧台的边缘，好像整个房间要把他甩出去似的。

"你这个玩火的女孩。"迪林杰口齿不清地说道。他在说"玩火"的时候，嘴里的唾沫星子都喷了出来，维塔厌恶地向后闪了下身子。"对于一个瘸腿小孩儿来说，你是不是在外面待得太晚了？"

维塔往后退了几步，调整了一下呼吸，然后走上前去，说："你想干什么？"

"我想干什么？"迪林杰大笑了几声，"我什么都不想干，但你想要一些东西，你想把你外公的房子拿回去，难道不是吗？"

维塔一动也不动。

"好吧，你不会得偿所愿的，小孩儿。很快你就不希望把房子要回去了，等到老板搞定一切。"

"你在说什么？"

他又笑了起来，仿佛被那些从他阴暗的内心深处冒出来的肮脏念头给逗乐了。"你会明白的。他在找你，要你告诉他那条项链的下落。你可真是帮了他大忙了，你懂吗？因为你给他讲了这么一件大事。"

维塔站在那里，等着他把话说完。

"但是现在，他的寻宝游戏玩腻了。他在担心那些需要他回答的问题，而他开始担心的时候，会变得很凶恶。生意没原来那么好做了，所以他定了一个期限。"迪林杰打了个嗝，脸上的肌肉紧紧抽了一下，然后说道，"到下周为止。"

"什么的期限？"

迪林杰盯着她说道："你惹得他很不高兴，不仅是因为你拿了他的戒指 —— 为这事儿，他肯定会好好教训你的。我从来没见过他这样，这么讨厌一个小孩儿。你是真的把他惹恼了，知道吗？"

"下周怎么样？"维塔又问了一遍。

他转过身去，对酒保说："苏格兰威士忌，加冰。多加点。"他用拳头捶了下吧台，在酒精的作用下翻了个白眼。

维塔转身正要离开，迪林杰的声音又在身后响起。

"你听见我的话了吗，小孩儿？你是在玩火，可不要引火上身啊！"

第十三章
真　相

　　她到家的时候，妈妈正在等她。正如维塔所料，妈妈又惊又怒，脸色惨白。接下来的对话很糟心，这场暴风骤雨也许只比世界末日轻一点。在眼泪干了之后，维塔后来这样想道。

　　"这里和家里不一样，我不能时时刻刻照看你！"妈妈眼含热泪地说道，"你知道你自己还不够强壮！"

　　"我已经够强壮的了！"

　　妈妈咬着嘴唇，因惊恐而失态，而且脸上仍残留着惧色。"你还是个孩子！我说过，我相信你和外公不会再惹上麻烦了！维塔，拜托了，不要让我后悔！如果失去你，我会受不了的！"

　　最终，暴风雨慢慢平息了。

　　"答应我，你不会再这么做了，好吗？"刚刚帮助维塔清洗完伤口，妈妈就劈头问道。维塔答道："我答应你。"她亲了亲妈妈，然后上了床，她没有问妈妈到底想让自己答应什么。

维塔半梦半醒地躺在床上，枕头下放着红色的笔记本，她突然想起了索罗托雷的钱包。她一下子坐直身子，侧耳听着房子里的声响。屋内寂静无声，只有窗外的城市还在发出沉闷的喧嚣声。

她蹑手蹑脚地穿过走廊，从挂钩上取下她的大衣，把钱包从里面掏了出来。上面有一股淡淡的皮革味和某种香水的味道，还有权力的味道。

她拿出一封对折的信和几张收据。

收据除了说明索罗托雷的品位很费钱之外，什么线索都没有——其中一张是为购买 12 瓶 1904 年巴黎之花香槟所开的收据。于是她撕开了信封。

一张顶端印着抬头的手写信纸包在几张新闻剪报外面。

所有的新闻剪报都是关于火灾的，关于城市里各处被毁的建筑。

信纸上写着：

维克多：

　　几个项目的进展情况，详见附件。把你最新的进展告诉我。不要浪费时间。我的建筑工人正在等待开工，我等待着把哈德逊城堡酒店赶快变成现实。

　　匆匆落笔。

　　　　　　　　　　　你的朋友　韦斯特维奇

　　她把随信附上的新闻剪报摊开。这些事情似乎与索罗托雷毫无联系，也和其他人无关。这都是些有年头的老建筑，而年久失修的建筑本来就容易着火。然而，她继续往下读，发现有一家公司似乎是在被烧毁的地方建起来的，火灾之后就成了美丽之家公司。

　　从剪报的内容来看，美丽之家公司声称"为勤劳的纽约人提供住得起的优质房屋"。然而读着读着，维塔皱起了眉头。她发现：这家公司所建造的，似乎都是豪华公寓，都有看门人和镀金的游泳池。这种建筑物好像在提醒你：你有义务让自己远离贫穷加身的命运。

　　她仔细研究起来。文章对这些被保护的建筑消失殆尽而哀叹不已 ——是这些教堂和剧院塑造了城市的历史。而这些宝贵的建筑占据了最令人向往的中心地区最昂贵的地段。

维塔长时间看着名单。东 23 街上的一幢公寓在一夜间起火，一个人受了伤，一个年龄偏大的人后来因为吸入浓烟而死亡。街道的名字很熟悉，是因为她曾经路过吗？她继续读着：哥伦布大街上的古老旅馆已经烧得无法修复了。

这个熟悉的名字刺痛了她。她把折叠刀攥在手心里，边用拇指快速弹着上面的镊子，边从记忆深处搜索——然后，她想了起来。

索罗托雷桌子上的文件。

古老的旅馆被卖了 200 美元。现在它已经消失了。

维塔回头又看着剪报，慢慢拼凑出了事情真相。索罗托雷以不同公司的名义买下旧建筑，然后放火烧了它们。接着，韦斯特维奇在被付之一炬的土地上盖新楼。

有多少建筑索罗托雷曾经承诺过拯救，就像他曾经对外公承诺的那样？维塔弄不明白他和韦斯特维奇到底赚了多少钱？

她的胳膊和手都很凉，但她的心却热热的。她想起了迪林杰在幸灾乐祸时说的话："你在玩火……"

一个会说双关语的醉汉。他还说了什么？"他定了期限。就在下周。"

原来是这样啊，维塔想道。那是索罗托雷准备把哈德逊城堡夷为平地的日期。而她几乎没有什么时间了。下周，那可能是从周一开始的任何一天，甚至可能是从周日算起。而今天就已经是周三了。

维塔紧紧把红色笔记本抱在胸前，随后进入了梦乡。她梦到了索罗托雷，索罗托雷趾高气扬地跨入了维塔的梦境。在梦中，索罗托雷的脸凑得比以往任何时候都近。这真是一个冷酷又让人讨厌的梦中伙伴。

第十四章
下水道惊魂

　　第二天，对纽约市失物招领箱的搜查工作开始了。

　　"我们需要迅速行动。"维塔说道。她尽可能简明扼要地讲述了文件的内容，以及计划的实施刻不容缓。

　　"那么，索罗托雷实际上是在干什么呢？"阿尔卡迪问道。

　　"我认为他在忽悠人，通过威胁和欺诈的方式。我不太清楚，他哄骗人们把古老的建筑以低价卖给他——尽是些坐落在上好地段的上好建筑。这些建筑是受保护的，所以强行拆除是违法的。所以，索罗托雷命令把这些建筑统统烧毁，好在上面盖新楼。"

　　"所以你外公已经把房子卖了吧？"希尔克问道。

　　"没有，没有！但情况也差不多：索罗托雷想放火把房子焚毁。我们没时间了。"此时恐惧感在维塔心中升起，因此她尽力把恐惧压下去，从心头排除出去。"我们分头行动，今晚回到这里碰头。"

他们连走带跑，几乎走遍了整座纽约城的各个角落。希尔克是最了解这座城市的，她在维塔的地图上划分好区域。她连一眼都没看维塔的脚，就已经给维塔分配了任务：在离卡内基音乐厅最近的区域内行动。

希尔克在格林尼治村的查姆里酒吧里，发现了一件成年人穿的小号灰色夹克衫，阿尔卡迪穿上几乎很合身。维塔在金碧辉煌的华尔道夫酒店里，找到了一件长及脚踝的蓝色天鹅绒连衣裙。这条裙子式样丑陋，还显得太瘦，却散发出甜美儿歌的韵味。裙子长及地面，刚好可以遮住她的左小腿和脚踝。塞缪尔则从亚冈昆酒店带回了一整套厚实的棕色男式西服，适合男孩穿。

凯旋的塞缪尔却显得怒气冲冲。"他们一开始不愿意把衣服给我，于是我告诉他们，我是家里的佣人。然后他们连眼睛都没眨一下就给了我。"

阿尔卡迪看着他的朋友，看着塞缪尔眼中那愤怒和痛苦的神情。然后，阿尔卡迪说道："他妈的！我希望你干脆朝那帮人吐唾沫算了。"

塞缪尔勉强笑了笑。"要那么做的话，恐怕也只会是于事无补。"他说道。

最终，就在希尔克快要绝望的时候，她突然想到可以去兰心剧院碰碰运气。她前去询问上个月是否有人把外套落在了衣帽间。由于这一问，希尔克得到了回报，那是一件装饰着天鹅羽毛，长得几乎垂到地面的白色连帽披风。披风的袖口和衣领处已经有点发灰了，天鹅羽毛可能也有点太密了，不过无可否认，这件披风很漂亮时髦。

"我们找个高档的地方试验一下吧！"维塔说，"来测试一下人们会不会盯着我们看。如果人们没有长时间盯着我们看，那么说明我们衣着合适。"

"去广场酒店吧。就在中央公园边上——那是纽约最高档的地方。"希尔克说道。说着，希尔克就用维塔的折叠刀，把披风袖口上的天鹅羽毛裁掉不少。"去那里喝茶的老妇人可以从你打喷嚏的方式看出你有多少钱。如果去那里都没有人长时间盯着我们看，那么在任何地方都不会有人注意到我们的。"

塞缪尔犹豫了一下，然后说道："人们还是会盯着我们看的。"

"你什么意思？"维塔问道。

"人们还是会盯着看的。确切地说，是盯着我看。如果去的是高档的地方，即便我打扮好了，我还是会被人们盯着看的。"

维塔感到一股红潮涌上面颊，她察觉到自己窘得脸色发红。"抱歉，"维塔小声说道，"我本应该想到这一点的，让我们去——"

"不。"塞缪尔说道。他用手指摩挲着西服外套的棕色布料。他的脸上出现了疑惑的神情，但随之也显露出别的某种神色，那就是坚毅的神情——正是这份同样坚毅的决心，曾经让一个四岁的男孩在黑得伸手不见五指的卧室中偷偷练习后空翻。塞缪尔咬紧牙关的时候，他的下巴也随之费力地动着。他说："无论如何，我们要去那里，我也想去。如果别人盯着我看，那么我就和他们对视。"

众所周知，广场酒店是那种人人都穿着带天鹅羽毛的天鹅绒衣服的地方。你会发现人们个个声音低沉，眉毛高扬。那里的人不用脚走路，而是大模大样、招摇过市。

　　维塔向着酒店大门一路前行，竭尽所能让自己大摇大摆地走过去。她向看门人点点头，走了进去，尽量高高地抬起下巴。

　　一个男人跟在她身后。如果维塔此刻转过头来看，就会发现这个男人眼中流露出不确定的神色。人们注视的一般不是维塔的脸，而是维塔那被拖地长裙遮住的一双脚。这名男子手上文着一只愤怒尖叫的猫。

　　"这边！"阿尔卡迪喊道。他们三个正站在棕榈园内的中央吧台旁，吧台上竖立着一尊希腊神祇赫尔墨斯的巨大金色雕像。天花板上悬着结实的绳子，上面挂着秋季的花环和用来遮阳的绿色植物。因此，整个房间一半像是餐厅，另一半则像是精致的森林。维塔长时间注视着里面的顾客，每个人脸上都洋溢着金钱所带来的光泽。

　　一家人正吃着被压成小块的鸡肉和美味的果冻。这家人远远地朝塞缪尔瞥了一眼，然后把目光转向别处。塞缪尔仰起头，以怒目而视的方式，回敬了这家人。维塔想，这种怒目而视能将坚冰煮沸。

"在室内种着植被。"阿尔卡迪说。他噘着嘴巴看着满屋子的盆栽棕榈树。他接着说："但是这里连一只鸟都没有，真是荒唐可笑。"然后，他把身上的夹克衫展示给维塔看，"你觉得怎么样？"

维塔上下打量着他们。两个男孩都系着领带，他们四个人都显得干净整洁。维塔说："只要我们在人们面前显得再天真一点儿，说不定我们就会被抓起来的。"一阵兴奋激动的感觉从维塔的心头涌起，"我们准备好了！我们明天就行动！一切就要开始了！"她转了个圈，使得裹住小腿的裙摆飘了起来，露出她鲜红的靴子。

房间那头手上文着猫的男人默默地点了点头，然后悄悄走了出去。

"朋友们，"塞缪尔说道，他说话时嘴唇几乎不动，"我们该走了。"

"为什么？"希尔克说道，"有人在注视我们吗？告诉我那人是谁，我去——"

"没人盯着我们看。但是我觉得有人认出我们了。"

"认出我们？"

"认出了维塔。我们走吧。"

就在他们朝着巨大玻璃门走过去、准备回到街上的时候，那个人回来了，后面还跟着两个穿着灰色西装的人。他们紧盯着维塔，维塔感觉自己的身体好像动弹不了了。

塞缪尔看了看维塔的脸，又看了看那三个人，又回过头来看着维塔。

"快跑！"他低声说，"阿卡，我有个主意，我需要你帮我。"

"但是——"希尔克说。

"快跑！"塞缪尔那不容置疑的坚定神情，和他在那个午夜从窗口一跃而下时别无二致，维塔早就见到过。他从另外三个人身边挤了过去，揉了揉手肘的内侧，活动着肩膀，好像他准备要登上秋千飞起来似的。阿尔卡迪跟着他跑了过去。

"走，"希尔克低声说道，"我还知道另外一个出口。"她转向左边，向着厨房入口冲了过去。维塔也跑了起来，试着用右脚支撑自己的重量。那三个男人紧随其后，在桌椅间穿行，尽量不引起他人注意。

阿尔卡迪转身面对塞缪尔，他们有三秒钟的时间可以低声沟通，同时眼睛紧盯着那三个人。

"准备好了吗，塞缪尔？"

"准备好了。"塞缪尔回答。

"跳！"阿尔卡迪说道。然后，他把双手的手指交叠在一起，放在身前。塞缪尔咬着嘴唇，把阿尔卡迪的双手当马镫，一脚踩在上面，顿时像一名芭蕾舞演员一样向空中跃起。

塞缪尔落在了赫尔墨斯雕像的肩膀上，先是骑跨在上面，然后向上攀爬并蜷缩起身子，随即再次腾空而起，这次他抓住了一根悬挂秋季花环的粗绳，树叶顿时像雨点一样在屋子的各处纷纷落下。一个女人戴着一顶点缀着珍珠的贝雷帽，见此情景，她被茶呛住了。一个小孩儿欢呼起来。一只毛茸茸的白色贵宾犬也叫唤起来。

塞缪尔在绳子上荡来荡去，将自己的身体忽前忽后来回高高抛起。然后他放开绳子，向房间那头跃了过去。在空中，塞缪尔伸展开双臂，同时用双脚对准目标，最后落在了一棵棕榈树的顶部，棕榈树哗的一声倒在地上。这一下掀翻了两张桌子，还把一个来访的俄罗斯大使撞倒在地，那两个身着灰色西装的人中的一个，肩部也被狠狠击打了一下。

几个侍者又喊又骂，员工们从厨房跑出来一探究竟。人们围拢过来，然而塞缪尔已经站起来，从棕榈树的枝丫中脱了身。他躲开人群，朝着厨房奔去。

文身的男人一把推开大喊大叫的侍者，伸手去抓塞缪尔的背。阿尔卡迪吹了一声口哨，小贵宾犬顿时狂吠起来。阿尔卡迪用手一指，这个长着尖牙的毛茸茸的动物朝着那男人的大腿根部直直咬了过去。

两个男孩避开了迎面而来的员工，向厨房飞奔而去，然后从后门冲进了一条小巷。

希尔克和维塔也刚刚到达巷子尽头。直到此时她们才转身静候男孩们到来。

"我想 ——"塞缪尔喘着气说，"现在人们有理由盯着我们看了。"他的眼中闪着光芒。

马路对面，是笼罩在黑暗中的中央公园的广阔天地。

"去那边！"维塔说道。

"我们下次能不能约定好，"塞缪尔一边跑一边说道，"如果我们其中一个说跑，大家就必须得跑？"

天开始下雨了，路面很滑。他们刚走到马路中央，厨房的门又开了，那三个男人走了出来。

"嘿！走慢点！我们不会伤害你们的！"其中一个喊道。

希尔克突然转过身去，维塔在路中央因为被自己的脚绊倒了而开始抱怨起来。汽车在她身边疾驰而过，离她只有几英寸远。她纵身而起，在车流中穿行，飞奔向马路那头。其他人正等着她。最后，一行人一头扎进了中央公园的黑暗中。

现在的中央公园和那个秋光明媚的地方，和那个她和外公一起走过的地方，完全不同了。维塔想到，如果外公看到现在她的模样，一定会大发雷霆的——外公会认为维塔违背了诺言。维塔急忙摆脱了这个念头。公园里一片漆黑，她跑在最前面，穿过空荡荡的林荫道，经过那个迪林杰抓住她胳膊的地方。他们身后的脚步声越来越近。维塔决定躲到一片湿漉漉的灌木丛后面，其他人气喘吁吁地跟在她身后。

脚步声离得近了，然后从他们身旁经过，向着公园深处走去。

"出来吧，孩子们！我们不是在做游戏！"

维塔一动不动地蜷缩着身子，雨水从她脸上滴下。她深知这不是在做游戏。

声音又响了起来，无法辨别声音是从哪里发出的。"把戒指给我们，大家就都可以回家了。"

四个人在灌木丛中面面相觑。

"我们接着该怎么办？"希尔克低声说道。此刻她的声音中有一丝惊恐，"我们跑不过他们的。"

"你可以。"维塔低声说。那些人并不是运动健将，他们肌肉发达，但速度不快。"只有我不可以。你们走吧！他们只是想逮住我而已。"

阿尔卡迪发出哼的一声："别傻了。"

维塔绝望地朝着公园里看了一眼。道路在前方分了岔，一边是宽路，一边是窄路。秋日的落叶已经积得很厚，几乎盖住了那条窄路中央的下水道井盖。

迪林杰就曾在同一个井盖下面消失。

"如果你们现在出来，一切都好说。"树林后面的幽暗处传来一个声音，"如果你们赖着不出来，那么我们可就没那么好的脾气了。"

"得找个人把这个坏小子的头皮剥下来。"

那几个人的脚步声折返回来，离他们越来越近。

维塔又看了一眼井盖。然后，她蹑手蹑脚地爬了过去，拖着左脚在水坑里匍匐前行，水浸透了她靴子上的红色丝带。她低头抓住了井盖的金属边缘，把井盖提起了 1/4 英寸。

"这边！"她小声说道。

阿尔卡迪一直注视着维塔。"维塔！"他小声说道，"那是下水道！"

"不是！"她奋力抓起了圆形金属井盖，这井盖简直有一个成年人那么重。"没问题的！来吧！"她对着井盖说道，并再次把它提了起来。

"你怎么知道？"

"我看见别人下去过。那个迪林杰。"这时，其他人的脸上都露出诧异的神色，情绪放松下来。"过来，你们谁快过来帮帮我。我搬不动。"

其他三人都费力地爬到维塔身边，然后众人一起把井盖抬离地面。

"快！"维塔说道，并朝身后看去。他们此刻正暴露在明处，易受攻击。

希尔克低头看着脚下冷冰冰的黑洞，显出厌恶的表情。然而那几个男人的声音越来越近。于是她把脚踩在梯子上，随即消失在了黑暗中。阿尔卡迪也手忙脚乱，紧随着快速地顺梯而下。塞缪尔则干脆推了维塔一把。

"走你的。"

维塔以她最快的速度向下攀爬，然而还是不算快。因为梯子固定在砖壁上，维塔的左脚不断在梯子的金属踏板上扭来扭去，打着滑，一阵剧痛向上袭来，一直钻进她的膝盖。

她刚下到一半，就听到井盖砰的一声盖上了，他们所有人都被笼罩在了黑暗中。塞缪尔倒吸了一口冷气，他没有跟着维塔从梯子上下来，而是选择向外侧一跳，从维塔身边滑落下去，掉入下面的黑暗。结果，塞缪尔以一个熟练的蹲伏动作，稳稳地落在井底。然后，他走过来，重新快速爬上梯子，一直爬到维塔脚下。

"需要帮忙吗？"他低声问道。

"我没事。"维塔说。塞缪尔就在下方的梯子踏板上站定。维塔知道自己如果滑倒，定会被塞缪尔接住，这给了她安慰。于是她咬紧牙关，加快了速度。

最后，四个人都来到了梯子下面。维塔看不见周围的墙，也看不见自己面前的双手。

"有人有手电筒吗？"希尔克问道。

塞缪尔摸了摸口袋，然后说道："我有火柴。"

塞缪尔点亮了一支火柴。在闪烁的火光下，他们看清自己正站在一条隧道的入口处。在他们左边，是一堵湿乎乎的黑墙。

"嘘，"希尔克说道，"听！"

只有水滴声。紧接着，他们的头顶传来了谈话声。

"太可笑了，我们走吧。"

有人哼了一声，声音中带着残忍和恐怖。"拿不到戒指，我不会去见他的。如果你们想见他的话就去吧。他们走不了多远的，那丫头是个跛子！"

维塔瞪大了眼睛，默默地指了指黑暗的隧道。如果那帮人现在打开井盖，那么迎接他们的，必定是一团漆黑。

"我们怎么出去啊？"阿尔卡迪一边走，一边低声问道。

"整个纽约有几百个井盖。"维塔说道。

在火光中，她看到塞缪尔点了点头。"我们一直走，直到看见另一架梯子。"

"有些井盖被关死了。"希尔克说道。

"但不全是。我们继续走，直到找到能打开的井盖为止。"

塞缪尔在前面领路，把火柴高举过头顶，直到火苗向下烧到了他的手指尖。

"我只剩下五根火柴了。"几分钟后，塞缪尔说道，"也许我应该省着点用。"

于是他们继续往前走，塞缪尔和维塔用手摸着左边的墙，希尔克和阿尔卡迪则摸着右边的，试图寻找能通往上方的梯子。

彻底的黑暗对人的时间感产生了奇怪的影响。维塔感觉自己的每一步都和前一步一样。她仿佛身处梦境，一场噩梦，一场在黑暗中悄无声息地缓缓前行的噩梦。如果她听不到身边的阿尔卡迪的呼吸声，听不到希尔克的脚步声，听不到塞缪尔外套的袖子摩擦墙壁的声音，那么她甚至会怀疑自己是否真的在向前移动。除此之外，她只能听到水滴声，以及前方隧道里发出的沙沙的回音。维塔握紧拳头，希望那不是老鼠。接着，她转念一想，开始祈祷那声音就是老鼠发出来的。

他们继续向前，隧道越来越窄，几乎可以同时碰触到两边的墙壁。也许只过了几分钟，也许已经过了很久。塞缪尔突然停了下来，弯下身子，结果维塔撞上了他的背。

"你怎么停下了？"她悄声说道。黑暗使人无法大声说话。

"前面有东西。"

"什么？"阿尔卡迪问道。

"光。"

"感谢上帝！"希尔克轻声说。但是维塔本来已经冰凉的手却变得更冷了。

"不可能是阳光。"她说，"外面很黑，你们总该记得吧？"

她看不到其他人的脸，但她听到了阿尔卡迪的叹气声。为了让身体不再发抖，她走到拐角处，左侧身体紧贴着墙。

隧道又延伸了大概 30 步远，在前方拐了个弯，拐弯处的后头有一道黄色的光。

"现在怎么办？"阿尔卡迪问道。

"我们可以回去。"维塔说，"但愿他们已经走了。"

"这一切都不应该发生。"希尔克说道。她的声音里带着哭腔，但她把眼泪咽进了肚子。"如果是我一个人单干的话，那么我永远都不会下到这里来！这就是不应该相信别人的理由！否则，你最后会以被埋葬在地下！"

"嘘。"阿尔卡迪说道，"他们会听到你说话声的！"

"我不在乎！"但希尔克还是放低了声音。

"我们继续往前走吧。"维塔说道。尽管她觉得自己的身子重得能从地缝里陷进去，但还是走在了前面。

维塔尽可能不发出声音，小心翼翼地抬起左脚，再悄无声息地落地。塞缪尔这个脚步轻如羽毛的杂技演员，跟在维塔身后。后面跟着的，则是驯兽师和扒手。这一行人渐渐适应了寂静的氛围。正因为如此，前方的那伙人才没有听到他们逼近的脚步声。

维塔向转角的四周看了看，努力不让自己因为恐惧而发出喘气声。在这里，隧道变宽了，足够六个人并排通过。几盏防风灯放在地上，天花板上挂着摇摇欲坠的手电筒。

墙边摆着一排桌子，十个人站在桌边，他们把清冽的酒倒进玻璃瓶里。其他人则在酒瓶上贴上"莫斯科产伏特加"的标签。为数更多的人穿着深色衣服，正把瓶子装进箱子里。其中一些人边抽烟边工作，他们嘴里还叼着显得软塌塌的香烟。四周的空气阴冷而潮湿。

但这并不是维塔害怕的原因。一个公文包被人随意扔在角落里的大木箱上，旁边则放着两支步枪和一把手枪，枪上沾着隧道地面上潮湿的沙砾。一个人靠在公文包边上，把点好的一卷卷钞票塞进包里。那人是迪林杰。

维塔盯着那几把枪，它们冷冰冰的存在和整间大屋子一样不容忽视。迪林杰合上公文包，挺直身子，然后向后一歪，把身子靠在墙上。他面孔上的肌肉扭曲着，像帽子一样顶在脑门上的浅棕色头发紧贴着滴水的墙壁。

"他还醉着呢。"希尔克在维塔身后小声说道。

维塔弯着腰，重又躲闪到转角那边。

"我们被困在这里了。"维塔低声说道。

塞缪尔摇了摇头。"那边有个梯子，通向外面。"他说，"你看到了吗？"

维塔看到了；在繁忙的工作间那头，隧道又变窄了。在手电筒光的照射下，可以看见有一架通往上方的梯子。

"我们只能等待了。"塞缪尔说，"他们总有离开的时候。"说着说着，他的话头突然卡住了，同时猛地向后退了几步。

"有人从梯子下来了。"他轻声说道。

维塔用一只眼睛看向转角另一边，相信黑暗会掩护他们。一双锃亮的皮鞋出现在梯子上，然后是一件长及小腿肚的黑色羊绒大衣。

索罗托雷的脚重重地落在了隧道的地板上。他环顾了一眼四周正在装酒瓶的人们，维塔感到自己的心在胸腔里绞成了一团。工人们没有抬头迎接索罗托雷的目光，但他们工作的速度突然加快了。

"迪林杰！"索罗托雷说，"怎么耽误了？四分钟之前你就应该交差了！卡车可不等人，我们不能再犯错误了！"索罗托雷的眼睛比聚会上更大了，他惨白的面色表明他压力重重。

迪林杰仍然靠在隧道的墙上。现在，他睁开了眼睛，同时夸张地向下撇着嘴，嘴角好像要拉到脖子旁。

"我可没办法让他们干快点。"他的声音又粗又慢腾腾的。接着，他说："你可以吓吓他们，说要杀了他们。这招一般都挺奏效。"

然后他又闭上了眼睛。

索罗托雷大步朝迪林杰走了过来。维塔以为他要揍迪林杰了，但其实索罗托雷只是捡起了公文包。他叫出了一个名字——"凯利！"——接着，一个身材和门一样宽的男人走到了索罗托雷的身边。

"迪林杰到底怎么了？"索罗托雷说道。

"他醉了。"凯利说。

"这我看得出来，谢谢。为什么？从什么时候开始的？"

凯利耸了耸肩，然后说："他刚刚提到了哈德逊城堡——他说他不愿意被一个小孩儿摆布，尤其是一个跛子。"

"他是在对工人们发牢骚吗？"索罗托雷的声音很难听。

凯利显然被自己的话所造成的后果吓了一跳，"我没那么说！我是说，他已经酗酒好几个月了，这几天的情况更糟了。他甚至不能连续 72 个小时保持清醒。"

"他可以在自己的时间随便喝，但不能在工作的时候这样。我花了 15 年的时间打造这一切，从无到有！如果雇用那些失败者，那我根本办不成事。我有手下帮我打探消息，他还搞砸了路易·茨渥巴克的活计。把他干掉。"

凯利犹豫了一下，顿时面如死灰，一脸惨白。他满腹狐疑地问道："您是什么意思？"

索罗托雷耸耸肩："你肯定知道我什么意思。"他转过身去，面向在场的其他人喊道，"就这样。把这些东西搬出去，你们还有两分钟时间。"

酒瓶装箱发出的撞击声加快了频率，狭窄的空间一下子变得混乱而吵闹，让人难以忍受。工人们开始登上梯子，把箱子陆续搬到街上。

四个小孩儿蜷缩在黑暗笼罩着的墙角边等待着，大气都不敢出一声。

在极短的时间内，房间空了，只剩下几张桌子和几摊洒在桌上的伏特加酒，以及一盏孤灯下的那个大木箱。

索罗托雷大步走到木箱前，揭开盖子。他把手伸进去，掏出了一只小乌龟，把它扔在地板上。接着，他嘟囔了几声。在一阵翻找之后，他把那只大乌龟拿了出来。

"凯利！"索罗托雷打了个响指，凯利走了过去。索罗托雷说："我现金快用完了，当然这只是暂时的事情。"闻听此言，凯利在一瞬间流露出怀疑的神情，但被他迅速掩饰过去。索罗托雷接着说："所以我需要从乌龟身上摘下珠宝。你搞定之后把尸体扔到隧道里去。"

"迪林杰呢？"

迪林杰仍然靠在墙上打盹儿。索罗托雷转身面向他，凯利则在一旁不安地徘徊着，他粗壮的手臂在身体两侧摇摆不定。索罗托雷拿起最小的那支手枪，上了膛。

　　维塔忍不住了，她干呕了一声，这绝望的细微响动打破了寂静。

　　索罗托雷眯起眼睛，向着隧道的转弯处踱了三步，他的鼻翼翕动着，嗅着周围的空气。维塔身边的阿尔卡迪挺直了身体，随时准备一跃而起。

　　一个声音从梯子上方的空地传来。"卡车要走了，老板。"

　　索罗托雷咕哝了一声，叹了口气，大步走回到梯子边。凯利本想赶上去跟着，没想到索罗托雷转身面对着他，露出厌恶的表情。

　　"你想去哪儿？我说了，把乌龟和迪林杰一起搞定。"

　　"什么？现在吗？"凯利问道。

　　"现在。"索罗托雷说完，便消失在了梯子上。井盖合上的哐当声在隧道里回响。

　　凯利神色痛苦地走到迪林杰面前。他一拳打过去，迪林杰瘫倒在了地上。打到第三拳，迪林杰停止了呻吟。凯利叹了一口气，然后举起枪，检查是否装好了子弹。

　　维塔，她骨子里就是一个制订计划者，此时却做了一个毫无计划的举动。她把手伸进大衣口袋，攥紧了折叠刀。她没有打开折叠刀，而是将折叠刀向黑暗中抛去。然而恐惧感让她手指僵硬，无法保持平衡。因此，折叠刀并没有击中凯利的太阳穴，而是击中了他的鼻翼。他踉踉跄跄地跪了下来，发出了孩子似的呜咽声。他侧身转向孩子们所在的位置。

　　塞缪尔向前走了一步，然而希尔克此时已经冲了过去。希尔克发出了一声不知是哀嚎还是吼叫的声音，像一颗子弹冲出了黑暗。她张着嘴，却没有作声。希尔克先是绕过了跪在地上的凯利，然后一把抓起了地上的枪，在犹豫了片刻之后，朝凯利的后脑勺挥枪打去。顿时，凯利脸朝下重重摔倒在地上。

　　希尔克低着头，胸部上下起伏，她瞪大眼睛，不敢相信自己干了什么。"原来我可以做出连自己都想不到的事情啊。"她说道。

　　5分钟后，迪林杰睁开眼睛，看见四张簇拥在他旁边的脸。

"发生了什么？"迪林杰喃喃说道，"你们是谁？滚开。"然后他仰头看了眼塞缪尔，骂了一句不堪入耳的粗话。阿尔卡迪猛地把头向后一仰。希尔克低声回敬了一句脏话。维塔则愤怒地咕哝了一声，同时她的眼睛朝塞缪尔看去。只有塞缪尔身体纹丝不动，他长时间盯着此人，他的怒火在胸中熊熊燃烧。迪林杰呻吟了一声，又闭上了眼睛。

"我们走吧。"希尔克说。她跑去弯腰捡起了大的那只乌龟，乌龟已经完全缩回了壳里。

维塔捡起小乌龟，它正疯狂地晃着头，环顾并注视着四周的黑暗。"该把他怎么办呢？"维塔问道。说着，维塔向迪林杰猛地侧了一下头。

"别管他。"希尔克说。

"不！"塞缪尔说，"这会让我们跟他们一样坏。"

"不会的！"希尔克嚷道。她的声音尖锐刺耳。她仍然因体内肾上腺素的作用而显得心神不宁。

"你听到他刚刚说了什么，塞缪尔。"阿尔卡迪说。他因义愤填膺而使得脸部肌肉绷得紧紧的。"我们没有帮助此人的必要。"

"如果我们现在走开不管的话，那么他的同伙回来的时候会杀了他的。"塞缪尔说。

"你为什么要在意这个人？他会杀了我们的！"希尔克说。

维塔的上唇渗出了汗。"我同意塞缪尔的说法。"维塔说，"我们得把他带走，跟我们在一起。"

"你说起来容易！"希尔克双手颤抖，继续说道，"反正不会是你把他抬上这个该死的梯子。"

像是被什么刺痛了，维塔浑身抽搐了一下，同时她的眼睛也开始阵阵发酸。她努力克制着这种情绪。现在掉眼泪会很糟糕。

希尔克尴尬得咧了一下嘴，懊悔地说："我不是那个意思……"

"没关系，我知道。"维塔说道，然后背过身去。这样，希尔克就看不到她的脸了。

"阿卡和我把他抬上去。"塞缪尔说，"阿卡，来帮我。"

阿尔卡迪叹了口气，走到朋友身边。两个男孩弯下腰，他们先在黑暗中使劲拉了一下，然后站直了身子。只见迪林杰悬在他们之间。

"我们怎么把他弄上梯子？"阿尔卡迪问。

维塔先走，她的平衡感不太好，这让她必须集中全部注意力才能爬到地面上。她蹲在洞口旁边，负责望风。

另外三个孩子把迪林杰夹在中间。塞缪尔打头，单手往上爬着，另一只胳膊夹在迪林杰腋下，阿尔卡迪和希尔克则托着他的膝盖和脚。他们一度差点儿把他掉下去，结果只是迪林杰的前额被墙擦破了。

然后他们迅速返回地下去找乌龟。男孩们抱着大的乌龟，希尔克则把小的那只夹在胳膊下。上到梯子最高一级金属踏板的时候，她把乌龟递给了维塔，然后再爬上街面。乌龟身上镶嵌着的红宝石拼出"VITA"的字样，在街灯下熠熠发光。

他们半拖半抬着迪林杰走了两个街区，然后把他扔到了一条巷子里。

"如果这是故事书，"阿尔卡迪说，"那么等到他醒来之后，他就会帮我们个忙。"

"他才不会呢。"塞缪尔带着百分之百的肯定说道。

迪林杰快要醒了。塞缪尔弯下腰，从他的手腕上摘下那块精致的银表。他使劲踩碎了玻璃表盘，转身走了。

"等一下。"维塔说道。她把隐隐作痛的左脚放在表盘上，用后脚跟使劲碾了碾。希尔克则对着银表链吐了口唾沫。最后是阿尔卡迪，他看着塞缪尔，用尽最大力气对着银表踩了几脚。

塞缪尔把表踢进了露天下水道的格栅里，他看上去不那么疲惫了。"我们走吧。"他说。

他们准备回到卡内基音乐厅，走到一半，才发现有人跟踪他们。阿尔卡迪和塞缪尔抬着镶有"IMPERIUM"的大乌龟，维塔则拿着镶有"VITA"的小乌龟。希尔克在前面领路，一行人走在最安静的街道的阴影里。此时，他们听到脚步声近了。

这不是那些穿灰西装的男人轻快却鬼鬼祟祟地放缓的脚步声。那些人脚步轻快，但出于油滑本性而特意放缓步子。相反，这是官方的脚步声，充满了法律权威的自信。

"继续往前走。"维塔嘟囔着。

"嘿！小孩儿！嘿！你们拿着的是什么？"一个身穿深蓝色制服，拿着木警棍的人影远远出现在长街的那头。"我们正在找几个小孩儿，他们把广场酒店闹个天翻地覆。你们不会知道点什么吧？"

孩子们没有回头。他们走过一盏街灯，镶有"IMPERIUM"的钻石闪耀着光芒。警察一看到宝石，就立刻拔腿冲孩子们跑了过来。

"站住！嘿！说你们呢！"

塞缪尔转过身，瞪大眼睛盯着来人。

"跑！记住我们说好的！快跑！"希尔克喊道。于是四个人飞奔起来。阿尔卡迪和塞缪尔抱着乌龟，把乌龟夹在两人中间，消失在街角处。

维塔凌乱的头发在空中飞舞着，眼前的街道一片模糊。希尔克就在她前面，现在已经跑远了，辫子打在背上。维塔可以听见警察的脚步声越来越近，尽管她试着迈开大步向前跑，可还是不够快。

警察距离维塔只有不到 10 英尺了。这时候，希尔克突然转过身，向她全速冲来。她把乌龟从维塔手中猛地抢过来。"跑！"希尔克说，"快离开这儿！"

维塔试图把乌龟拉回来，但希尔克用力推了她一把，于是维塔踉跄了一下。维塔知道自己处于下风，便绕过街角，飞奔而去，终于消失在了人们的视野之内。塞缪尔和阿尔卡迪蹲在两个垃圾桶后面，等待着，他们的脸因恐惧而紧绷。

警察的喊话响了起来，然后是希尔克的回应声。一阵短暂的骚动声传来，然而在寒风的再次咆哮下，除了自己怦怦的心跳声，维塔什么都听不见了。她只得冒着危险，从街角处仔细张望。

一名警察和希尔克站在一起，他用一只手按在希尔克的肩上，伸出另一只手去拿手铐。这个从来没有被逮捕过，曾自认为永远不会被逮捕的女孩，如今要被带走了。在希尔克手里，是那只镶有宝石的小乌龟，龟壳上的"VITA"字样隐约可辨。

第十五章
营救

　　阿尔卡迪的内心备受煎熬。希尔克是他们所有人中坚不可摧的那个。他竭尽全力让声音听起来鼓舞人心，因此他的嗓音要比平时高了三个八度。"她会没事的！我是说，她什么锁撬不开？所以她会没事的，是不是？"

　　一旦发现留下来根本毫无用处，他们三人便从街角逃跑了，把希尔克一个人留给法律去制裁。三人在卡内基音乐厅外停了下来。痛苦，羞愧，让本已经跑得上气不接下气的维塔脸涨得通红。维塔突然间遏制不住怒气，对阿尔卡迪反驳道："她怎么可能没事？千万不要仅仅为了让自己好受些，就说蠢话。"

　　"不要因为我希望我们的朋友没事，就骂我蠢！"

　　"你们别吵架。"塞缪尔平静地说，话语之间充满果决的意味。"我们没时间吵架，我们一点时间都没有。

195

维塔的意思只是说希尔克手上没有工具。"

"没错！她穿着那件讨厌的披风 —— 她甚至连发夹都没有，她可没法用手指开锁。"

"好的。"阿尔卡迪气愤地瞪着维塔，"我们给她拿点工具，这还不简单？"

"我们要怎么做？我们甚至不知道她在哪儿！纽约有几十个拘留所！她可能被关在其中任何一个。"

"我知道她在哪里。"塞缪尔说道。

"你怎么知道的？"

"我看到了警察徽章上的编号。我知道他是哪个警察局的。"

"你究竟是怎么知道这些的？"

"当我还是一个小孩子的时候，我叔叔就一直说，了解警察怎么运作总会有回报。所以，她会被关在布鲁克林。"

"好，那我们走吧！"阿尔卡迪说道，"你们还等什么？"

"我们必须得制订个计划。"维塔说。阿尔卡迪瞪着她，她却一屁股坐在了马路牙子上，把折叠刀套在手指上不停转着，紧咬着牙关，完全是因为愤怒和需要聚精会神地思考。"这可不是马戏团，这是严肃认真的事情。这是动真格的。"

"我知道。"阿尔卡迪在她身边坐下。他耸着肩，用袖子擦了擦脸。"我确实是认真的，我对她本人也是认真的。"

维塔瞥了他一眼，震惊地发现他的脸看起来很苍老，显得又憔悴、又老迈、又疲惫。在巨大的努力下，她挤出一丝微笑，说道："对不起，我知道。"

几分钟过去了。慢慢地，非常缓慢地，阿尔卡迪的脸开始变了，又变回了 13 岁。

"我能说句话吗？"他问道。

维塔窘得脸部抽动了一下，以懊恼的口吻说道："你不用请求我的允许。对不起，我 ——"

阿尔卡迪打断了她的话："听着，我有个问题。"

"什么？"

"你那把瑞士军刀上的镊子够亮吗？"

第二天早上，一只乌鸦从警察局的前门飞了进去，那气定神闲的样子，好像是进去报告遗失了一个包裹似的。

阿尔卡迪带着乌鸦搭乘有轨电车抵达布鲁克林大桥。他一路抚摸着乌鸦，还对乌鸦低声哼唱着歌曲，免得乌鸦在路上逃之夭夭。在警察局门口，阿尔卡迪放开了它，低声说："祝你好运！Ydachi（一路顺风）！"然后便溜走了。

鸟儿飞落在办公桌上，平安无事。

接着，有人尖叫起来："把它弄出去！快出去！它会带来噩运的！"

"别傻了，这是喜鹊！"

"我才不在乎呢！它太脏了。鸟儿会传播疾病的。"

桌子后面的警察挥起胳膊，狠狠朝鸟儿打去。鸟儿立即飞了起来。乌鸦很快感到了困惑并倍受侮辱。而乌鸦一旦被冒犯，便会用俯冲攻击的方式，来对付离它最近的生物。很快，警局便陷入一片混乱之中。

希尔克坐在装着铁栅栏的拘禁室内光秃秃的床上，她在这上面过了一夜。绝望之中，她听到了外面的尖叫声，随即抬起头，看到了这只鸟。

乌鸦黑色的羽毛勾起了希尔克的回忆，希尔克瞪大了双眼。

希尔克走近铁栅栏，在一间充斥着尖叫和扑打的屋子里，这个慢悠悠的动作表现出一种从容淡定。希尔克能够记住她看到的一切——她记得大街上人们的面孔，这样她不会两次把手伸进同一个口袋——因此，她当然记得乌鸦的名字。

"瑞姆斯基！"她喊道。此刻受到骚扰的鸟儿惊慌失措地向她猛扑过来，喙上叼着她的奖品。希尔克把胳膊从拘禁室的铁栅栏里伸了出去。鸟儿落在她的胳膊上面，把货物放在她手上，啄了一口她的大拇指，然后飞走了。

希尔克皱了下眉头，被鸟儿喜欢还真是一件令人疼痛的事情。

最终，恐慌平息下来，瑞姆斯基被人用一块擦拭茶杯的抹布裹住，以很不体面的姿态回到了街上。

没有人看到希尔克把一件银灰色的东西塞进长筒袜里。她弯着腰，垂着头，一言不发地坐回到拘禁室的角落里，显得心情沮丧。她解开辫子，让头发像防护帐幔一样垂下来，遮住她的眼睛。

　　幸好没人能看到她的脸，尽管她竭力掩饰，然而她整个人都散发着希望之光。从星期五的下午直到晚上，希尔克一边等待，一边努力让自己平静下来。她在心中做着倒计时。

　　终于，凌晨3点的钟敲响了，值班的警察把头垂在交叠的双臂上打起了盹儿——当然，打盹儿是不被允许的。希尔克从羊毛长筒袜中取出那把镊子，在钥匙孔里转了四圈，五圈，六圈，然后蹑手蹑脚地向门口走去，悄无声息。

　　隔壁拘禁室中，那位指甲里满是煤灰的男人，当过军人。事实上，他什么职业都做过。尽管警犬就在一边拴着，而且男子明明看见希尔克从眼前经过，但他只是猛然起身，然后啪的一声立正并举起手对希尔克敬了个多年没有敬过的礼。希尔克则朝着他回礼，然后溜进了纽约的茫茫夜色之中。

　　初冬的寒冷席卷了夜晚的城市。一股突然而至的寒流冻住了管道里的水。雨夹雪冲刷着城市，把沙砾、旧报纸和怒气冲冲的猫，从阴暗的小巷里赶到了主干道上。

在冰雹和雨夹雪肆虐的天气中，一个孤独的身影耸起肩膀以抵御寒冷。这个身影带着敌意，怒视着雨雪，然后向卡内基音乐厅走去。

塞缪尔、阿尔卡迪和维塔正坐在维塔公寓的卧室里，他们盯着时钟等待着。维塔的妈妈看到两个男孩时有点诧异，她微微眨了眨眼睛。但为了不让他们摸黑回家，她还是同意了让他们在客厅过夜的请求。

"你交到了朋友，真棒。"她对维塔说，"但下次提前和我说一声更好。"

维塔正打算放弃期待，突然，窗户的响动惊扰了她的思绪。窗户没有打开，外面仍是漆黑一片，然而黑夜似乎在注视着她，黑暗突然变得如此容易感知。

她走到窗前，向外望去。楼下的街上站着一个身影，她那长长的白金色发辫被雨水打湿，变成了灰色。

那个身影仰起头，对维塔咧嘴一笑。

"我来还镊子。"希尔克喊道。

10 分钟后，四个孩子都坐在了维塔的床上，维塔用能找到的所有甜食——黄油、花生酱、蜂蜜、巧克力屑和香蕉片——给希尔克做了一个三明治。希尔克狼吞虎咽的时候，维塔建议加点番茄酱，但希尔克拒绝了。

"嗯，"希尔克问道，"明天就是星期六了[1]，我们还继续吗？明天就行动？"

"我还参加。"塞缪尔说。

"我也是。"阿尔卡迪说，"当然了！"

他们看着维塔，众人的脸上洋溢着喜悦的光，那四射的光芒是如此绚烂明亮，仿佛可以为一座工厂提供动力。

维塔看了一眼手上的红色笔记本，每当摸起它来，总会感觉它比纸张实际的重量沉重得多。维塔掂量了一下心中的秘密，那个自从遇到希尔克之后，就一直深藏在她胸口的秘密。最后，维塔做出了决定。

1　实际上今天已经是星期六了。

"听着，"维塔说，"有件事我一直没有告诉你们……"

她把笔记本在其他人面前摊开，开始小心翼翼、一丝不苟地解释计划的最后一部分。

第十六章
行动前夜

"所以，我们是晚上 10 点 45 分在中央车站的咖啡馆旁边碰头吗？"希尔克问道。她脸上的表情和平时一样难以捉摸，但呼吸却急促得多。两个女孩一大早就醒了，她们之前在维塔的小床上头挨着脚睡了。

"我们就像姐妹一样。"希尔克说。两个人的脚都不干净，但两个人都不介意。

"没错，最后一班火车在 11 点 02 分开车。"维塔说，"但我还有最后一件事必须要做。"

希尔克点点头，说道："我知道，我们车站见。"说着，她走进客厅，叫醒了塞缪尔和阿尔卡迪。

一阵怒气涌上心头，直抵维塔的喉咙，她努力压了下去。"现在不是害怕的时候，"她告诉自己，"你可以等一会儿再害怕，要等一切都结束的时候。"

这天晚上，维塔慢慢走近了达科塔公寓。她把自己严严实实地裹在风衣里，然而风衣几乎不能御寒，更无法抵御恐惧。

维塔早就料到会有人跟踪她。维塔确实被人盯梢了。可实际上，她一直以来就指望着能这样呢。

她没有回头看跟踪者是谁，只注意到有一个模模糊糊的影子，一直沿着人行道跟在她身后。她走在灯光最亮的街上，置身于最吵闹的人群中。他们不敢在这样的公开场合对她动手。

现在是晚上9点。索罗托雷公寓的灯已经熄灭了。她咬了咬牙，把头发别在耳后。在她的风衣口袋里，是卷成筒状的红色笔记本。她背着一个布袋，里面一整套铲子和瓦刀敲击着她的背部，叮当作响。她穿着那条从未穿过的蓝色裙子，感觉肩膀勒得慌。维塔一切准备就绪了。

她会很快行动，就看她的脚能走多快了。

达科塔公寓里的前台接待员丝毫不感兴趣地抬头看着面前的女孩。

"不好意思，"维塔问道，"维克多·索罗托雷先生今天晚上在家吗？"

"他正和年轻的洛克菲勒夫妇吃饭。你想要留言吗？"

维塔摇了摇头。这么说索罗托雷一定还在纽约，而不在北边的哈德逊河河畔。

维塔慢慢走出大楼，眼神锐利，努力搜索着路上看到的每一张脸。她走到街上。前一秒维塔还在过马路，后一秒她就被一只手抓住了肩膀。一个穿着棕色西装，戴着棕色帽子，系着蓝色领带的男人扳过维塔，让她面对着自己。

"嘿！是你啊！"

来人正是迪林杰。

维塔的本能刺痛了她的心口，她下意识地发出了一声刺耳的尖叫。这是一声尖利却显得有气无力的叫声，自己听见都吃了一惊。接着，她又故意大喊了一声。一个戴着大头巾，拎着绿色大手提包的女人停了脚步，转过身来。

"闭嘴！"迪林杰愤怒地低声阻止道，"我不会伤害你的——老板只是想把图章戒指拿回去。"他眼中露出恳求的神色："拜托了，孩子，我真的需要。"同时，他把手指戳到维塔的锁骨处。

维塔把身体扭到一边，喊道："放手！"

迪林杰没有松手，他的眼中闪着怒火："老板会原谅我的。只要我把戒指给他，他一定会。你不懂——"

维塔低下头，狠狠地咬了他的手。然后维塔飞快地朝右侧跑，冲进一群拿着红色导游手册、正迎面而来的游客之中，以左腿能够达到的最快速度逃离现场。维塔希望人群能够阻止迪林杰追赶的脚步。

"拦住她！"迪林杰喊道，"拦住那个女孩！抓小偷！"

维塔回头一看，迪林杰正从后面朝她冲过来。街上的人们看到他那精致时髦的外套和帽子，纷纷让开一条路，好让他通过。

维塔向左急转弯，来到了一条熙熙攘攘的大街上。一名男子边走路边专心致志地读报。维塔不顾一切地猛冲，结果一头撞进这名男子的怀里。

她本想冲进街道两边金碧辉煌的任何一家百货商店里，但一个飞奔的小孩儿在这些店里太显眼了。十字路口的灯变绿了，她挤进人群之中，跟着人群迈开大步，从街道上横穿而过。

在远处马路的那边，她先是左顾右盼，迟疑了一下，然后深深吸了一口气，继续往前走。

维塔的呼吸变得急促起来，左脚像着了火，整个左半边身体一阵剧痛。她借助街灯，努力支撑自己的身体，尽量朝前倾。然后，她紧紧抓住街灯，奋力挪动自己的身体，继续前行。一路上，维塔尽可能开动脑筋思考。

她一瘸一拐地路过一个标志牌：地铁。她灵机一动：人们投完币，地铁的栅栏门会像旋转门一样转动。但是在栅栏门下面有可供躲藏的空间。那里对大人来说太窄了，对小孩儿来说却足够宽敞。

维塔跌跌撞撞地走下台阶，不时回头看看迪林杰是否还跟在后面。台阶很湿，维塔差点儿滑倒。她只得抓住一位女士的胳膊，那位女士带着两个和维塔年纪相仿的孩子。那位女士看了维塔一眼，说道："看来，有人急着要听睡前故事呢。"说完，孩子们都笑了。

在她身后，响起了咚咚的脚步声。维塔无暇让自己停下脚步去思考，也来不及计算栅栏门到地面之间的距离。她挤到人群前面，丝毫不理会人们的尖叫声、愤怒的咳嗽声和一位老人抱怨的叫声。这位长着灰白头发的老人嚷道："天啊，看在老天爷的分儿上吧！"维塔身子前倾，俯冲向泥泞而湿滑的地面，从栅栏门下方滑了过去。一个地铁工作人员差点儿抓住了她的鞋，好在她及时把左脚拽了出来。

她挣扎地站起身，全然不顾摔倒时的疼痛和手掌上的鲜血，冲下了楼梯。最后，她淹没在了人群中，消失得无影无踪。

维塔踏上刚刚进站的地铁，立定身子，心口跳得怦怦直响。她凭借着发自肺腑的意志力，不让自己回头看。相反，她直直地凝视着前方，手插在兜里，心脏剧烈地跳动着。

如果她这时候回头，她会看到迪林杰捡起了她掉在地上的东西。

她还会看到，迪林杰翻开了手中的笔记本。那柔软的红色封面正在苍茫的暮色中闪着光。

第十七章
征程

中央车站几乎空无一人。高峰时段已经过去了，仅仅留下雨衣和从杯子里泼洒出来的咖啡的味道。湿漉漉的地面，在画着星星的天花板的映照下，闪着亮光。几个冻得瑟瑟发抖的流浪汉正坐在角落里。

在一束灯光下面，维塔站在夜空中"猎户座腰带"的正下方等待着。她已经整理好了裙子，抹去了屁股上的一小片尘土，用手指拢了拢头发。每一个脚步声都让她心跳不已。每一次，每一个面孔的出现，都让她忍不住畏缩。她一边的肩膀上挂着布袋。

时间无情地流逝着。从售票处那位态度冷漠的年轻售票员那里，维塔买了四张车票。她把这四张票紧紧攥在手心里，另一只手则紧紧攥住大衣口袋里那捆辛辛苦苦积攒下的钱。这些钱足够他们在车站和城堡之间往返。

"差 8 分钟 11 点，"她低声说，"还有 10 分钟火车才开，时间足够了。"

在 10 点 54 分的时候，她又看了看表。然后是 10 点 55 分。再然后是 10 点 58 分。还有 4 分钟车就开了。他们在干什么？车站的寒气渗进她的胃里，但她低声对自己说："再给他们 1 分钟时间。"

话刚出口，她就听到了让她心跳加速的声音。几乎空无一人的大厅里响起了咚咚的急促脚步声。只见一个女孩和两个男孩飞快地跑过光滑的大理石地面，女孩的辫子在她脑后左右飞舞着。

"我们在这儿！"阿尔卡迪喊道，好像维塔会看不见他们似的。

"差点儿就被抓了。"希尔克气喘吁吁地说道。

"我爸爸差点儿发现了我们。"阿尔卡迪弯着腰说。

"待会儿再说！"塞缪尔说道，"还有两分钟！"他的肩上扛着一只包。

"第七站台！"维塔说道。

那一晚稍早时候的一场短距离冲刺，使得维塔的左脚还在阵阵作痛，而且更害得她跟不上其他人的步伐。当孩子们跑过的时候，一群在深夜搭车往返于两地的人，也突然从车站的小餐馆里出其不意地走了出来，结果维塔被一个迎面而来的高个儿男孩撞了一下。维塔向旁边躲闪，男孩则向同样的方向跨了一步。维塔闪向另一边，男孩也不约而同。男孩发出无奈的嘘声，最后绕过维塔走开了。男孩的帽檐压得很低，遮住了眼睛，但在离开的时候，他咧嘴笑了一下，那笑容很眼熟。

维塔跟跟跄跄地走上月台，然而火车已经发出"准备、出发"的警告声。就在维塔一瘸一拐地走过来、手几乎要碰到刷着亮光光黑漆的车门时，车开动了。其他人都已经上了火车，透过窗户，她看到阿尔卡迪那张惊恐的脸。

维塔没有时间去感受任何情绪，连绝望都来不及了。塞缪尔的脸从窗口消失了……突然，火车最后一节的车厢门猛地打开了，一只长长的胳膊伸了出来。

站台上，一位搬运工人喊道："嘿！别那么做！"可维塔还是跌跌撞撞地向前扑了过去。

维塔的手抓住了塞缪尔的手，塞缪尔喊了一声"太

棒了”，便把她一把拖到了车厢的地板上。瞬间，门在
她身后砰的一声关上了。站台上那位留着稀稀拉拉胡子
的年轻搬运工人，向他们吐了吐舌头，做了个粗鲁的
手势。

“谢谢！”维塔说道。塞缪尔咧嘴笑了。

“我们怎么能丢下你呢？你是我们的‘以防万一’。”

阿尔卡迪和希尔克两人并排，正坐在一间小包厢里
的长椅上，塞缪尔和维塔则坐到了他们对面带坐垫子的
长椅上。维塔发现，他们都穿着可以让他们伪装起来的
衣服。

检票员走了进来，收下他们的票，对着希尔克甜美
的微笑和大家整洁的外表赞许地点了点头，便离开了。
火车轰隆轰隆地穿过黑夜，驶离城市，继续驶向那未知
的地方。

在漆黑的暗夜中，火车缓缓进了站。雾气低低地悬
垂于大地之上。他们一爬上灯光昏暗的月台，就用力跺
着脚，想把脚趾唤醒。

没有其他人在这里下车，车站里也没有搬运工人。整个车站仿佛不过是一个月台，或者可以说是火车站站长的宿舍。黑暗向乡村的四面八方伸展开去，不远处还传来阵阵马嘶声。

"现在要去哪里？"阿尔卡迪问道。

维塔把回程车票塞进塞缪尔手里。"你保管这些，好吗？我们现在去叫车站的出租汽车来送我们——外公之前告诉我，这里有一个年纪很大的出租车司机，他就睡在车站里面。"

"被人叫醒，他会介意吗？"

"只要我们付他两倍的价钱，他就不会介意了。我把所有的钱都存上了。他不用开全程，最后一段路我们步行。"众人的目光齐刷刷地向下瞥了一眼她的腿。"我没事儿的。"

维塔把手伸进风衣口袋。

那里什么也没有。

她摸了摸另一个口袋。"钱……"她喃喃自语道。随后维塔开始把口袋都翻了过来。

希尔克立刻警觉起来。她说："什么钱？"

"打车的钱！"

"你能肯定钱在你的风衣口袋里吗？"

"肯定！"接着，记忆开始闪现。"那个男孩！车站里有个男孩——他撞了我！他是那天出现在巷子里的那个男孩！"

"他迈了两步，是不是？向左，然后向右，然后做个鬼脸，好像都是你的错？"

"没错！"维塔说。在明白了这次可怕遭遇的真相之后，维塔不禁问道："他是个扒手，是吗？"

"他叫费格斯。他的良心让狗吃了。等我们回去后，我就去杀了他。"

"我们可以走路去吗？"塞缪尔问道。

"那样的话，在日出之前我们根本到不了。"维塔说，"走路要花上几个小时，我们不可能及时赶到了。"

"那我们该怎么办呢？"阿尔卡迪向她转过身去，他的眼神里充满了信任，让维塔完全不敢直视。

维塔浑身颤抖着。她突然觉得自己很渺小，很年轻，很愚蠢，自己不过是一个身处荒郊野岭，脑子里装满了故事书，并耽于幻想的女孩。

马又嘶鸣了一声，听起来像在嘲笑他们。

阿尔卡迪的脸上突然露出了笑容。"是马！"他向塞缪尔扭过脸去，"你听见了吗？"

塞缪尔立刻明白了阿尔卡迪的意思。他转过身，侧耳倾听，然后说道："有两匹！"

阿尔卡迪向那声音跑去。"根据马嘶声来判断，像是匹母马，年龄不小了，希望还没有老得跑不动！"

于是他们离开了灯光明亮的车站，摸索着迅速跑进黑夜中。维塔从风衣里抽出手电筒，照亮前方的路。这是一条铺砌过的路，但在风吹日晒下，早已经变得坑坑洼洼，一不小心就会崴脚。

两匹马出现在面向大路的马场里，在夜色中成了两个模糊的黑影。一根带倒刺的铁丝"不怀好意地"封住了马场锈迹斑斑的大门。但是阿尔卡迪、希尔克和塞缪尔一下子就跳了过去，而维塔则小心翼翼地跟在他们后面，爬了过去。

马嗅到了他们的味道，吓得高声嘶鸣，一直跑到马场远处的角落里。塞缪尔和阿尔卡迪交换了一下眼神。

"需要帮助吗？"塞缪尔问道。

阿尔卡迪摇了摇头，说道："我一个人对付它们更容易。"他从手电筒投下的那束亮光下消失了。循着声音和气味，他步伐稳健地踏过草地。维塔听到风中传来他的低语声："Ne Boisya（别害怕），别害怕。"

三个人在马场的角落里等待着。尽管他们没有完全彼此紧紧贴着对方，但还是挤成一团，以此来竭力对头顶上方黑漆漆的树林里传来的诡异沙沙声听而不闻。寒意神不知、鬼不觉地四处扩散，并悄悄潜入维塔皮肤上的每个毛孔。突然，黑暗中传来一声尖利的嘶鸣声，然后是俄语的轻声回应。

接着，随着一阵愉快的笑声和砰的一声巨响，一个男孩骑着高高的黑马踏入亮光之中，后面跟着一匹深棕色母马。尽管没配马鞍，也没系缰绳，但马儿们回应着阿尔卡迪的每一次呼唤和触摸。

"我们走吧，"阿尔卡迪说，"在有人来之前。"

塞缪尔走到母马跟前，抚摸着它。"这匹马很强壮。"他赞赏着说，"它会跑得很快的。"

希尔克惊恐地看着两匹马。"我没想到它们个头儿这么大！"她说。

"你从来没见过马吗？"阿尔卡迪问道。黑暗中，他的声音听起来带着一丝恐怖感。

"当然见过！"希尔克的声音很尖，"可没有离得这么近过！"

"那你为什么害怕？你对马过敏吗？"

她深吸一口气，她固有的讥讽口气又回来了："普通人可没足够的钱知道自己是否对马过敏。只是，它们真的……太大了。仅此而已。"

阿尔卡迪下了马，伸出双手，拢起掌心，放在马的一侧。"把你的脚踏在这里，然后跃上马背，这可比爬下水管道容易多了。"

"下水管道可不咬人。"希尔克说。但希尔克还是把脚踏在他的掌心，阿尔卡迪稍微一使劲，就把希尔克推上了母马的马背。希尔克弓起背坐在马背上，白色披风上那有绒毛镶边的前襟变得鼓鼓的。

在阿尔卡迪的大力帮助下，维塔好不容易才爬上了另一匹马。不过这一次她几乎没在意自己给别人添了麻烦。阿尔卡迪纵身跃上马背，坐在她前面。这让维塔突然感觉一阵热血沸腾，重新燃起了对任务全力投入的热情、强烈的兴奋情绪和期盼。稍后，塞缪尔则骑上了母马。他们现在要跳过把他们和大路隔开的栅栏。

"谁先来？"阿尔卡迪问道。"一起冲吧！"塞缪尔回答。他俩并未发出指令，马就向前面的栅栏冲了过去。

"夹紧膝盖！"阿尔卡迪喊道。维塔感到自己一下子就从栅栏上方飞跃而过，她的身子向后歪倒，与地面几乎成了直角。接着，马落了地，马蹄声咔嗒咔嗒地回响在荒凉的乡间道路上。

"去哪里？"阿尔卡迪低声问道。

"走这边。"维塔说道。为了确认，她从风衣口袋里掏出地图，用手电筒照着，再次看了一遍。实际上，她对路线了然于心，早已看过一千遍了。"我们要跟着那颗星走。"她说。

第十八章
翻越围墙

　　手电筒的光在树林中投下阴影，枝丫仿佛长出臂膀和双手，拿起了手枪似的。阿尔卡迪吹起一只小曲，悠扬的音调微弱欲无，树林压在头顶上方，使得曲调听起来死气沉沉的。希尔克看了阿尔卡迪一眼，阿尔卡迪便不再作声了。维塔翻起了衣领，四人沉默不语地向前骑行。

　　终于，树木渐渐稀疏了。森林的另一边是未开垦的野草地，无人涉足。再远处是泥泞的沙滩，然后传来了河水潺潺流动的声音。

　　"我们最好把马留在树林里。"维塔说，"它们会引起别人注意的。"

　　维塔猛地跳下马背。马背比她估计的要高，她重重地落在地上，擦破了膝盖上的皮。维塔想起小时候擦伤之后，外公会用绷带帮她包扎伤口，他的手指长而有力。

　　阿尔卡迪像下床一样，轻松地滑到了地面，他伸出手去接希尔克。让众人都感到惊讶的是 —— 从希尔克的表情来看，希尔克自己也不例外 —— 她竟然握住了阿尔卡迪伸出的手。

　　阿尔卡迪牵着马往森林的深处走了几码[1]，寻找可以吃草的地方。他弹了下舌头，马儿们就跟了过去。

　　"我们不应该把它们拴起来吗？"希尔克问道。

　　"用什么拴？"阿尔卡迪说。

　　"我不知道，可以用什么东西套在马的脖子上吗？"希尔克说。

　　"它们会等着我们的。"阿尔卡迪说，"它们现在认识我了。"

　　"走哪边？"塞缪尔问道。三双眼睛一齐看向维塔。

　　"走这边。"维塔回答。说完，维塔带领大家从树林里走了出来。"等一下，月亮就要从云后面出来了。在那里！看！那就是哈德逊城堡！"

1　码，英制长度单位。1 码 = 0.9144 米。

三人顺着她手指的方向望去。

"啊！"希尔克说，"说是'城堡'一点也不夸张。"

比起现实中的城堡，哈德逊城堡的设计者似乎更着迷于图画书中所描绘的城堡——他确实抓住了城堡的精髓。

观赏湖边种满了树，湖水是深蓝色的。水中央的石头地基上建起了一道墙，墙的那边有一座花园，花园的三面是用砖石砌成的围墙。

在月光下，城堡的顶部有一座连带着城垛的银黑色塔楼。城堡一面的围墙仿佛直立在水面上，它的倒影在水中闪闪发光，让人仿佛置身童话世界。维塔看着眼前的景物，全身因兴奋而颤抖着。这一切是真实的。

"我的曾曾曾外祖父在法国见到了它。"维塔说，"他把城堡一块块地拆下来，然后在这里重建了它。实际上城堡竣工的时候有一点不稳，结果塔楼塌了。每个人都说他疯了，但他说，如果别人说得对，至少他是在城堡里发的疯，而其他理智的人只能待在公寓里。"

"船在哪里？"塞缪尔问道。

"湖的西边，藏在一棵柳树下。船的名字叫丽兹，是以我外婆的名字命名的。"

"如果索罗托雷已经找到船，把它卖了，怎么办？"希尔克问道。

"船不值钱。"维塔说，"它太旧了。"

"好吧，那么如果船底有洞，漏水怎么办？"

"不值得为一艘可能不存在的船吵架。"塞缪尔说，"我们去看看吧。"

他们排成一列向湖边跑去，长长的杂草透过维塔的衣裙，割破了她的膝盖。一群人惊动了两只兔子，兔子穿过野草飞奔而去。

"好安静啊！"希尔克说，"我这辈子从没到过这么安静的地方。"

就在她说话的时候，一个粗野、高亢而怒气十足的声音划过天际，是狗在狂吠。

"是看门狗在叫。"维塔说。她看了眼正眯着眼睛的阿尔卡迪。

"德国牧羊犬。"阿尔卡迪说，"两岁，也许两岁半，估计是两条公狗。"狗又叫了起来。"他们没有得到适当的照顾 —— 你能听出第二条狗声带上有伤吗？他被感染了，却没好好医治过。他们估计饿了。"

船就在外公所说的老地方。

他们来到湖边，竖起耳朵听四周有没有人。在黑暗中，维塔爬过沿着泥泞的湖岸生长的灌木丛，尽量绕过灌木的荆棘，一直爬到了木船跟前。

外公曾说船是翠绿色的，那是丽兹眼睛的颜色。事实上，油漆剥落得太厉害了，船身几乎变成了棕灰色。但在有些地方，原来的颜色还残留着。维塔捡起一块脱落的油漆碎片，放进口袋。

另外三个人猫着腰跑了过来。在泥泞的沙地上，他们的脚步无声无息 —— 就像他们各自的老本行，玩杂耍和偷窃，所必须做到的那样，悄无声息地跑动。一群人聚集在小船周围，把船推下了水。

希尔克回头看了一眼，问道："你确定没有守夜人吗？"

维塔摇摇头，说道："应该没有。"

"应该？"

"没理由安排守夜人。城堡本身有看守当班，但他睡在湖那边的小屋里。晚上只有狗。"

狗又叫了起来，声音低沉而粗野。

"那就好。"希尔克说。

在该由谁划船的问题上，一群人又发生了短暂的争执。希尔克抓住一支船桨，好像拿着一把剑一样挥舞起来。同时，维塔抓起另一支船桨开始划船。问题就这样迎刃而解了。她们俩开始划船时，非常不幸，船桨被她们胡乱拍在湖水上，水花四溅。"小声点！"阿尔卡迪低声说。她们很快便掌握了节奏，一行人悄无声息地穿过镜面般平静的湖水。

他们离城堡越来越近，塞缪尔坐在船尾，抬头望着那面巨大的砖墙。地图上显示，在湖对面有一个小码头，可惜码头完全在小屋中的看守的视线范围内。于是，他们径直朝赫然矗立在水面上的花园围墙划去。

"很明显，"维塔说，"我的曾曾曾外祖父目睹过威尼斯那些直接建在运河上的房子，并且认为那是他所见过的最美丽的景观。他说那就像是一个女子从湖中升起。于是他让他的建筑师们——"

"我们能把建筑学的历史知识，留到回家的火车上再讲吗？"希尔克边咬着牙，边划着桨。

他们已经离围墙很近了。围墙用大块的灰砖砌成，坑洼不平。然而水泥却涂抹得严丝合缝。

"是这里吗？"塞缪尔问道。

"我想是的。"维塔努力让自己的声音听起来更有把握一些，"没错，就在这里。"

塞缪尔站起身，船几乎没有摇晃。他面对世界时那种小心翼翼、面无表情的礼貌消失了，取而代之的是狂野凶狠的眼神和抽动的嘴角。

阿尔卡迪转身看着塞缪尔说："我不知道你要怎么——"

塞缪尔摇了摇头，举起一只手示意他安静。他的眼神透露出他正进行着复杂的计算。他低声自言自语，嘴唇翕动，手指在身体两侧颤抖着。他把手伸进包里，抽出又大又重的绳圈来。

"没有抓钩？"阿尔卡迪说道，"我还以为在绳子末端会有一个钩子。"

"墙太厚了。"塞缪尔说道，"但我自有办法。"

塞缪尔脱下鞋子，把绳子在腰间绕了两圈，把剩下的部分绕在肩上。塞缪尔的这番举动使得船在他身下晃动了几下。维塔伸出手，想抓住那堵墙，却找不到可以抓握的地方。

"好了，"塞缪尔说道，"让船保持静止不动。"他把身体向前倾斜，并向上触及墙壁，然后将手指伸进两块砖之间的缝隙里。

"塞缪尔！"阿尔卡迪喊道，声音中充满了突如其来的不安。"不要！你不可能爬上一堵完全垂直的砖墙！"

爬上完全垂直的砖墙是不可能的——除非你从小到大都一直在向天空攀登，除非你在五岁时就决定要飞，然后用余生去寻找飞翔的方法。

塞缪尔向上攀爬着，他的手指找到了水泥墙上的另一个豁口，然后紧紧蹭着水泥，直抠了进去。他把自己的身体拉起来，双脚抵在砖石上摸索着。就这样，他安静地稳步上升了。

维塔呆呆地坐在那里。亲眼目睹这等绝技，维塔的眼睛感到刺痛，不由得喘着粗气。阿尔卡迪摇摇晃晃地站了起来，胳膊微微伸出，站在他的朋友脚下。维塔和希尔克也站起来等待着，准备在塞缪尔掉下来的时候接住他——仿佛他一定会掉下来似的。

但塞缪尔已经快到顶了，他的速度快得惊人。他把一只胳膊举起来搭在墙头，同时深吸了一口气，嗓子里发出使劲的声音。接着，只见这个穿着干净的灰色长裤的男孩，带着贵族特有的派头，突然跨坐在砖墙上。他稳稳地横跨在墙头，两腿分别从墙的两侧垂下来，上半身贴着墙身，把绳子放下，使之垂到小船上。

"上来吧！"他轻声说道，"让维塔先上，这是她家的墙。"

维塔摇摇头，脸颊上泛起了红晕。实际上，她一直暗自害怕这一刻的到来。这里很黑，但即便如此，她还是不想让其他人看到她和绳子缠斗时的狼狈样子。"我最后上去，我最慢了。"

黑暗中，希尔克轻声说："我们等你。"声音中没有流露出讥讽的意味。

　　维塔的手被汗水浸湿了，她握不住绳子，身体不住地往下滑。她用绳子缠住右脚，然后用左脚向上蹬，完全不顾左脚跟腱的疼痛。她向上伸出手，抓住了头顶的一块地方，把自己往上拉了几英寸。

　　"很棒！"塞缪尔说，"把缠着你左脚的绳子放开，然后再做一次。再爬6英寸，不要想到底还有几码，想想还有几英寸。"

　　维塔攀爬的时候，风把她的头发吹进她的眼睛和嘴里。她没有往下看，而是向上看着塞缪尔一直向她召唤的脸。维塔双手交替使用，拼命攀登。在还剩最后1英尺的时候，塞缪尔几乎是把维塔拖了上去。就这样，维塔也直着身子，坐在了墙上。

　　"现在轮到希尔克了。"塞缪尔说。

　　希尔克双手敏捷，但她的腿却又长又笨。当下方的阿尔卡迪想要帮她一把的时候，她瞪了他一眼。快爬到墙顶时，维塔和塞缪尔把她拉了上去，让希尔克坐在他们身边。这时，狗叫声突然响彻云霄。

　　一个黑影穿过草地，向他们狂奔而来。

第十九章
进入城堡

　　绳子绷紧了，仿佛从玩偶盒中弹出的玩偶一般，阿尔卡迪的脑袋出现在了墙头。他对塞缪尔点了点头，二人心领神会，阿尔卡迪把这边的绳子拉上去，从墙的另一边放了下去。塞缪尔牢牢拽住绳子，阿尔卡迪则抓牢绳子滑下，绳子的摩擦疼得阿尔卡迪龇牙咧嘴。

　　狗离他越来越近。那是两条德国牧羊犬，一条棕灰色，另一条纯黑色，两条狗都有阿尔卡迪的肩膀那么高，而且行动迅猛。黑狗已经很近了，而那一口多得数不清的白牙，似乎还要离阿尔卡迪再近上几英寸。

　　阿尔卡迪咽了下口水，有一刹那，他的笑容几乎消失了。接着，他仿佛下定决心似的，重新把笑容挤了出来。他一只手伸向黑狗张开的嘴巴，朝着两条狗走了过去，边走边用俄语低声说着些什么。

就在离阿尔卡迪两步远的地方，两条狗停了下来。黑狗号叫着，颈毛沿着脊背竖了起来。阿尔卡迪则继续说着什么，他还吹起了某种口哨，这种口哨一旦吹响，可以从附近的屋顶召唤来一大群乌鸦。棕灰色的狗哀嚎了一声，黑狗的叫声也没那么自信了。阿尔卡迪手掌向上，继续靠近。

现在阿尔卡迪离狗太近了。黑狗急不可耐地朝其手掌扑了上去，突然又连续叫了几声。维塔惊恐而绝望地长时间眨着眼睛。

"不！"阿尔卡迪严厉地说。"Ya znayu，ty ne takoi[1]。你能做得更好。"他又吹了一声口哨，声音绵长而低沉，将手分别按在了两条狗的鼻子上。

维塔睁开眼睛的时候，黑狗正侧躺在地上，阿尔卡迪跪在它的头边，在它的两耳之间揉来揉去，另一条狗则想把舌头伸进他的袖子里舔。

他看了眼狗项圈，"这条叫维京，这条叫亨特。你们可以下来了，可别让绳子把手擦破了。"

1　意为"我知道，你不是这样的"。

他们蹲在灌木丛中，望着前方的花园。尽管一片荒芜，目之所及到处都是常春藤，但花园仍然显得又大又气派华丽。房子后门外的小路向四面八方延伸，有些是环绕着花坛的蜿蜒窄路，有些则是铺着石子的笔直小径。草坪的西面是一个小小的带围墙的花园，东面则是大片的玫瑰花坛。最后的几朵冬雪玫瑰还挂在枝丫上，和蔓生植物缠绕在一起。尽管已被寒风屡屡摧残而且花期已过，但在月光之下，这午夜的红是如此奇异，仿佛滴着血。

"我看不到喷泉。"希尔克低声说。

"我也是。"维塔说，"是在有围墙的花园里。在那边，看到了吗？"

他们穿过草坪，维京崇拜地跟着阿尔卡迪，亨特的尾巴则蹭着阿尔卡迪的腿摇来摇去。

希尔克瞥了一眼草坪那边的后门。"那扇门的锁是撬不开的，是吗？"她低声说。

"是的。"维塔看着这座高高耸入夜空的房子说道。"这些锁都撬不开。这是一个堡垒。"维塔率先到达了有围墙的花园。正如图纸所示，墙上有一扇黑色的小木门。她推了一把，门是锁着的。

一只手把维塔推到一边。

"让我来。"希尔克低声说道。她把一根铁丝插进锁里。"这锁不容易开，稍等。"

她只花了不到 1 分钟的时间，但每一秒都像一个礼拜那么长。当锁咔嗒一声打开时，希尔克解脱般地轻轻松了口气。

他们鱼贯而入，关上了身后的门，维京和亨特则挤在他们中间横冲直撞。

维塔也长长舒了一口气，感觉浑身轻松。

"现在要怎么办？"阿尔卡迪问道。

维塔指了指喷泉。尽管喷泉已经不再喷水，但为玫瑰花搭设的高高的支架还在四周。喷泉中央伫立着一个笑容满面的男孩雕像，岁月流逝，雕像的美遭到损害，却没有完全被摧毁。维塔想，也许外公当年就是这个样子。她从包里拿出铲子。"我们开挖。"她说。

他们认真地挖了起来。泥土像冰一样冷，维塔的手很快就没了知觉。她的铲子时不时和希尔克的撞在一起，但她还是不停地挖啊挖啊。不一会儿，他们手肘以下的身体就全都脏兮兮的了。

洞越挖越深。6英寸，然后是1英尺。

维塔感到自己体内的血液流动得越来越快。这管用吗？计划会奏效吗？

然后，奔跑着的脚步声传来。其他三个人扔下铲子，从坑里跳了出来，站直身体。维塔紧紧抓住自己的铲子，站在了朋友们前面，显得早有准备。

石墙上的木门被撞开了，一个男人冲了进来。他满头大汗，喘着粗气，因为愤怒而气歪了脸。

"这到底是怎么一回事？"看守又高又壮，脸上没有一丝温柔。

维塔像拿刺刀一样把铲子举到胸前，然后毫不犹豫地朝那人直冲过去。看守用手臂搂住了维塔的肩膀，维塔则先向一旁一闪，然后转过身来用铲子击打看守的胸口。那看守的双手死死抓住了维塔的胳膊。

"快跑！"维塔喊道。她转头看着其他三个人，他们直直地站在那里，紧握拳头，只是看着眼前发生的一切。

"我不是在开玩笑！"她叫道，一阵突如其来的恐惧感涌上心头，无比强烈。

他们必须得跑。

"你们在干什么？你们发过誓你们会跑的！"

但他们仍然没有跑。

看守用一只铁钳一般的手紧紧抓着维塔的手腕，同时伸出另一只手，去抓一动不动的塞缪尔。

"不要啊！"维塔叫喊着，"我们的计划不是这样的！快跑！我们约定过的！快跑！"

另一个男子出现在大门前。

"站住别动。"他说，并用一支步枪对着希尔克的心脏。"别乱动，否则会出事的。"

他们排成一列，依次穿过花园、草坪和后门，负责押送他们的步枪殿后。沿途的所有窗户，都用又粗又丑的黑漆铁条封得严严实实。

厨房的门是从里面闩上的，看守绕道走进屋，把门打开。维塔看见，希尔克正用眼睛的余光偷窥门锁。

希尔克摇了摇头，喃喃说道："还真是个堡垒。"

维塔把包紧紧地裹在风衣里，她的包还没有被没收。

他们被人领着穿过一间空荡荡的厨房，厨房被漆成明亮的钴蓝色。然后穿过一条走廊，直达一扇木门。敞开的木门正对着石阶和宽敞的酒窖。

酒窖位于石阶的底部，开着门。酒窖继续向里延伸，直到一排排的酒架通道出现在眼前。大量葡萄美酒珍藏于此，另有几架威士忌，以及一两架朗姆酒。楼梯旁边的架子上放着几瓶喝了一半的酒，显然最近有人来这里品尝过美酒。

那些是我外公的，不属于索罗托雷。维塔想到这里，心中又涌起一股怒气。小偷。

地面是用石板铺的，酒窖里昏暗无光。

看守把四个孩子推到酒窖的墙边，让他们后背靠墙站着。随后，一边用步枪指着他们，一边退出了酒窖。

门关上了，维塔转过身，看着眼前的三张面孔。她气喘吁吁，陷入了绝望。但他们只是站在那里，等维塔开口说话。阿尔卡迪轻轻抿嘴一笑。

"你们为什么不跑？"维塔问道，她的心跳快得几乎使她窒息，连一句完整的话也说不出来。

阿尔卡迪咧嘴一笑，说："你没想过我们会这么做，是不是？"然后，他大笑起来。

塞缪尔露出他那奇怪的半笑不笑的表情。"我们从没答应过你我们会跑。"他说。

"你回想一下。"希尔克说，"想想我们真正说过些什么。"

第二十章
真正的计划

周六凌晨。

维塔坐在她房间的床上，从这里可以俯瞰纽约城。她在众人面前摊开笔记本，将真相讲给他们听。

"我还有最后一件事要做。"她说。

"什么？"

"我要把这个笔记本给索罗托雷。我要让他知道我们的计划。"

三双眼睛惊愕而迷惑地盯着她。

"那样的话，索罗托雷就知道绿宝石在哪里了！"

"不会的。"维塔说。维塔长长叹了一口气，好像她的肋骨也随之发出嘎吱嘎吱的响声。这一声长叹表明，她保守这个秘密已经太久了，"他不会的。"

"他会的！"阿尔卡迪说，"看，就在这里，笔记本上写了——"

维塔凝视着窗外城市的另一头，目光投向达科塔公寓的方向。她说："笔记本里写的是假的。"

一直注视着维塔的三双眼睛，先是瞪得溜圆，然后又眯了起来。

"什么？"希尔克把身子从维塔身边缓缓挪开，"你一直在对我们撒谎？"

"绿宝石不在喷泉里。"维塔说道，"但我需要索罗托雷相信绿宝石在那儿。我需要他把所有的注意力，把他所有手下人的注意力，都放在那座喷泉上。"

"那么绿宝石其实在哪儿呢？"塞缪尔问。

"在房子里。"

"可是你说过房子是不可能——"

"不可能闯进去的。"维塔说，"没错。确实说过。"

"报纸上也是这么说的！"阿尔卡迪说。

"我知道。"维塔说。

"所以那是不可能的！"希尔克说。

"不可能并不意味着不值得去做。我需要被他们抓住。"

“被抓住？”希尔克和塞缪尔异口同声地说。

“方圆几英里都没有房子。如果我被抓住了，在警察来之前，他们只能把我关在一个地方。”

塞缪尔突然恍然大悟，同时他的嘴巴噘成了圆形。“把你关在城堡里？”

“没错。我闯不进去——但他们可以把我带进去。”

“可是那本红色笔记本！”阿尔卡迪说，“里面有全部计划，所有的细节！还有图纸！上面都写着绿宝石在喷泉下。”

“那只是因为所有这些都不是为我自己写的。我是为索罗托雷写的。”

“可是，如果我们闯不进房子，我们也没办法闯出去。我们会被困在那里的！”阿尔卡迪说。

“不会！”维塔说，“不会，我要说两遍‘不会’。房子确实闯不出去，但你不会被困在那里的，因为你们到时候会逃跑，你们不会进到房子里的。”

“我们不会逃跑的！”阿尔卡迪说。

“你们必须逃跑，我要你们保证，你们会跑得无影无踪。我只需要你们帮我进入有围墙的花园，越快越好。我还可能需要你们帮着挖坑，好让这一切骗局看上去天衣无缝。然后，我需要你们逃跑。你们事先可以叫辆出租车在外面等候，然后把你们送回车站，然后及时回家吃早饭。我一个人去搜查房子就行了。"

"你为什么以前不告诉我们？"希尔克问道，眼神平静而机警。

"我不敢。"维塔说，同时她感觉眼睛一阵刺痛。"我想……我想，一旦我大声说出来，一切就结束了。我想，你们也许都会说这很可笑，太难了，太愚蠢了，太危险了。"然后她吸了一口气，把那可耻而自私的真相告诉了他们。"我认为，如果我当时就告诉你们，你们肯定会拒绝。"

阿尔卡迪愤怒地哼了一声，"我从来没说过某件事情太危险！"

"我明白。"维塔费劲地挤出了几句话，"那时我还不了解你。我现在了解了。"

"这么说，你从始至终早就把一切都计划好了？"

她点了点头。"计划，观察，思考，这些是我的工作。"

塞缪尔看着维塔，看着维塔紧锁愁眉，看着维塔整个人身上都写满了憧憬。

"行。"塞缪尔说,"我仍旧参与行动,如果其他人也参与的话。"

希尔克慢慢盯着维塔看了好一会儿。然后,点了点头。"计划一直以来都很疯狂,现在也仍然很疯狂。我还参与行动。"

"那么,当看守来的时候,你们会逃跑,对吧,你们发誓?"维塔说道,"就像塞缪尔说的 —— 当我们中有人喊'跑'的时候,其他人就得跑。这是约定。"

他们都点了点头。

"我再去拿点可可。"维塔向厨房走去。

三个人面面相觑。

阿尔卡迪伸出左手,他的手指交叉着。"我不跑。"他说。

塞缪尔点了点头,并把手从口袋里拿了出来。他把手指也交叉在一起,还是那样似笑非笑。两个男孩转头看着希尔克。

"我没有交叉手指。"她露齿而笑,"我只是撒了个谎,我哪儿也不会去。"

第二十一章
寻宝

地窖里又黑又冷，维塔却并非因为寒冷而瑟瑟发抖。她把手伸进包里拿出手电筒 —— 手电筒已经快没电了，只能发出微弱的光，然而至少比全黑好 —— 以及两支烧得只剩下一半的蜡烛。维塔早就将蜡烛妥善保管起来了。她用拇指的指甲迅速地轻轻擦了一下火柴，这是外公教给她的窍门，只需一下，火柴就点着了。借着火柴的光，她审视着面前的面孔。

"你们为什么不告诉我，你们不打算跑呢？"维塔问道。

"如果我们告诉你，你还会带我们来吗？"塞缪尔说。

"不会，当然不会。"维塔说道。

"那不就得了。"希尔克说。

"我们是一个团队。"阿尔卡迪说，"我们一起战斗，一起吃饭。我们是一体的。"

一阵暖流从维塔的心中涌上面颊。但是她还没来得及说话，门上的锁突然嘎吱响了，门开了一条缝。"你们别做傻事哦。索罗托雷带话说他已经上了摩托艇，马上就到。"

维塔的心猛地一颤。"什么摩托艇？"她低声问道。

但是门砰地关上了，四个人面面相觑。

"索罗托雷不应该来！"维塔说道，"这不是计划的一部分！他应该告诉那群手下人在哪儿挖宝石！这样的话，他们就会分散注意力，而我就可以趁机搜查整间房子。这就是我们要坐最后一班火车来到这里的原因，这样他就没法跟过来了！如果开车来的话，可是要多花好几个小时在路上。"维塔的声音非常微弱。她接着说："我没想到会有摩托艇。"

暗夜中，坐落在湖中心那幢光线昏暗的房子，维塔可以应付。至于猎枪，维塔也可以应付自如。可维塔从没想过要对付索罗托雷——他的微笑、眼神和他那如影随形的操控力。维塔在自己制订的计划中，根本没有把索罗托雷考虑在内。此时，维塔腿上所剩无几的力气耗尽了，她只得瘫坐在地板上。

"现在我们什么也做不了。"希尔克说道。她把手伸进白色天鹅绒披风里，掏出一个小布袋，把里面的东西倒了出来。顿时，一堆色彩鲜艳的丝织和羊毛衣服从布袋中滚了出来。大家觉得眼前一亮。

"来，如果我们要行动，维塔，我们要行动，你不能再阻止我们了，我想我们应该穿适合自己的衣服。今天早上你们洗漱的时候，我把你们的衣服都打好了包。"

"我的毛衣！"阿尔卡迪说。

黑暗中传来一阵窸窸窣窣的声音。

阿尔卡迪的毛衣，在烛光下发出深红色的光。塞缪尔穿上了他那件黑色运动背心，正灵活地屈伸着双臂，他的黑色纯棉长裤一直拖到地面。尽管天气寒冷，但两个男孩都赤着脚。希尔克则穿上了一件长及膝盖的绿色连衣裙，裙子的褶边已经磨损了，袖子很短，遮不住手腕，让她的双手可以避免累赘，活动自如。

维塔在烛光中摸索着自己的衣服。她套上了外婆那件如水般柔软的丝织衬衫，和她的长及膝盖的鲜红色裙子，长度刚好适合奔跑。她重新系好靴子上的鞋带，从自己的包里拿出一块方形的油布，连带一小截蜡烛，一起塞进衣服的后兜里。最后她弹开折叠刀，用拇指试了试刀刃，很锋利。

维塔的手在发抖，她问自己："准备好了吗？"她竖起衣领的时候，闻到了她外婆衣服上那淡淡的香水味道。

"我们去寻宝吧。"阿尔卡迪说。

希尔克拿着撬锁的工具跪在门边，其他三个人在一旁等着。

"如果我们当初真的逃跑了，你可怎么办？你怎么出去呢？"她问维塔。

"我一直在学。"维塔说道，并从口袋里掏出一根铁丝给希尔克看。"我估计我要花上一两个小时，但我最终会出去的。"

希尔克的神情显得有点不情愿，她嘴唇边挂着的微笑快速抽动了一下。"好吧。"希尔克说道。几乎同时，在她手下面的锁咔嗒一声打开了。"我可不用花一个小时。"

维塔从门缝里向外张望，听听有没有脚步声，有没有看守靠近的迹象。"他们俩应该都在外面。我估计他们在挖坑呢。"肾上腺素在维塔血液里飙升，她的整个身体好像都在加速之中，干劲十足。

她推开门，走廊里只有墙上的一盏煤油灯亮着。

"没人。"她说，四个孩子挤进了走廊。

"哪边？"塞缪尔小声问。

"外公说在藏东西的老地方，也就是说应该是在保险箱里，保险箱放在客厅。"维塔说道，"这边走。"

"但如果绿宝石在保险箱里，索罗托雷不会早就发现了吗？"希尔克问道。

维塔摇摇头。"那个保险箱不显眼。它不是在一幅画或者类似的什么东西的后面，而是藏起来的。"

他们蹑手蹑脚地沿着过道走出来，然后走进厨房，又穿过一扇转门，步入门厅。

门厅又大又脏，但月光把蓝色的墙壁映成深蓝色。石板地面的寒气甚至透过鞋底渗进维塔的脚底，巨大的水晶吊灯仍然吊在一根链条上，上面积满灰尘，也没了应有的蜡烛。

维塔把身子靠在老式的落地大摆钟上，闭上眼睛，在脑海中回忆着图纸的内容。她清清楚楚记得每一个用工整的正楷大写字母标注的房间位置，一切如在眼前。

"客厅就在那边。"她说。面前大理石铺就的走廊通向客厅。"在那儿。左边第二个门。"等众人冲入客厅，维塔才在众人身后轻轻关上了房门。

四人压抑已久的郁闷情绪终于得到释放。然而，当维塔的手电光照亮房间的时候，阿尔卡迪倒吸了一口冷气。大部分家具都被外公外婆卖掉了，剩下的几张沙发和扶手椅前后都被撕开了，填充物堆在房间的地板上。北极熊挂毯的头部也被切开，躺在地板上。

"索罗托雷一直在找。"阿尔卡迪说。

"应该有人负责把门。"维塔说。

希尔克点点头："我来从钥匙孔盯着外面。"

"保险箱在哪里？"塞缪尔问道。

维塔指了指那巨大的壁炉："在那里。"

"在地板下面？"

"不，在烟囱里面。外公说每次打开保险箱，都会沾一身煤灰，但这样永远不会被其他人找到。"

维塔走到壁炉前，它和一个衣橱一样大，烟囱宽到可以放一个文件柜进去。"我看不见……等等，不，我看见了！我看见了——至少在烟囱一半高的位置！"

"你知道密码吗？"塞缪尔问道。

维塔点点头，说道："是我的生日。"

塞缪尔走过来，和维塔一起，抬头看着烟囱。"你想让我上去吗？"他平静地问道。

维塔的脚叫嚷着让她同意，但维塔还是摇了摇头。这是最后一个环节，必须由她完成。"必须是我上去。"

维塔揉了揉左腿，好让它恢复活力，然后弓起身子钻进了烟囱。她抬起左脚，踩在对面的墙上，背则紧贴着这面的墙。然后她抖擞起精神，抬起了另一条腿。就这样，她缓慢而痛苦地向上挪动着，膝盖因为用力而不停颤抖着。

"干得不错！"阿尔卡迪小声说。

维塔的头伸到了烟囱里，然后是她的脖子和肩膀。她吸了一口气，煤灰立刻被吸进喉咙里。

突然，一声极小的响动——小得仿佛是房子的呼吸声——让维塔僵住了。

是希尔克的声音："有人来了！"

啪的一声，维塔不顾一切地关上了手电筒，背紧紧靠着墙，把身子往上稍微挪了挪，直到她的整个身体都塞进了烟囱。她什么也看不见，其他孩子则悄无声息，各自找地方藏了起来。

紧接着，门开了。

维塔的视线绕过自己的身体，看着下方的地面。她看到手电筒的光照亮了房间，然后听到了缓慢的脚步声。

维塔紧紧地闭上眼睛。这就像一场令人痛苦不堪而可怕的捉迷藏游戏。

脚步声越来越近了。维塔的脊椎生疼，卡着煤灰的喉咙感到一阵刺痛。她竭尽全力抑制住咳嗽的冲动。

脚步声听上去似乎正在远离。灯光移向门口，迟疑了一下，然后再次快速移动，在房间的各个角落照来照去。维塔听到咚的一声，听起来看守好像踹了一脚沙发。煤灰突然从下面向烟囱上方大量涌出，维塔仿佛被人掐住了喉咙，她只能轻轻咳嗽了一声，嗓子里发出最微弱的声音，身体跟着抽动了一下。

脚步声停了下来。接着，走廊里传来另一个男人的声音，声音虽然小得听不清，但其中显然流露出强烈的不耐烦情绪。房间里的人咕哝了一声，然后大步走出了房间，并关上了身后的房门。

房间里一阵寂静。然后，塞缪尔尽量压低嗓子，开始说话了。他的声音就在烟囱旁边。

"你在里面还好吗？"

"我没事儿。"维塔回答。"那人是谁？"

"看守。"希尔克答道。

"你说过他们会去挖宝石的。"阿尔卡迪说。

"我本以为他们会的。"维塔说。

维塔绷紧身上每一块肌肉，用最大力气咬紧牙关，把身体向烟囱深处挪了最后 6 英寸。烟囱更窄了。就在她左边的墙壁上，差不多是她肩膀的高度，维塔突然感觉到了冰冷的金属。

她打开了手电筒。

在亮光下，维塔可以看到她的指关节蹭破了皮，还沾了一些黑漆漆、湿乎乎的东西，她还看到了安在保险箱柜门上的拨号盘。慢慢地，她夹紧胳膊，同时用手指在烟囱里摸索着，然后转动了拨号盘。

柜门吧嗒一声开了。因为她的头和肩膀占了太多空间、碍了事，所以在如此狭小的空间内，保险箱几乎打不开。她只是向里面看了一眼。

什么都没有。没有盒子，也没有散发着绿光的绿宝石。

一阵令人痛苦的寒意向她袭来。她把一只手缓缓伸进去，用另一只手抵在墙上。

维塔的手碰到了一些纸 —— 有些是完整的，有些则是碎片。她把这些纸拿出来，塞进前襟里，因为她找不到更好的地方了。接着，她扭动身体往下爬，直到离地面足够近，可以放手跳下为止。然后，维塔忍受着疼痛，单腿落地站定。她竭力把眼泪憋回去：想哭并非因为疼痛，而是因为自己被突如其来的重重疑惑击倒了。

另外三个人挤在壁炉架前，四周一片漆黑。

"有什么发现吗？"希尔克小声问道。

维塔轻轻摇了摇头。"就这些。"她说道。从上衣里掏出那堆纸来，叠成手掌大小，塞进了裙腰。

众人暂时陷入一片沉默，同时维塔试图努力调整一下自己无比沮丧的心情。

"别这样。"塞缪尔说，"还有可能在别的地方吗？"

"有可能。"希尔克说，"它可能在整幢房子的任何地方。"她的声音因紧张听上去忐忑不安。"如果你用眼睛看看就会知道，这房子可不小。"

"你外公说过别的藏宝的地方吗？"阿尔卡迪问道，"你有替补方案吗？"

维塔慢慢点了点头。她之前多么希望自己不必去那里。

阿尔卡迪眼睛一亮，说道："我就知道你有！在哪里？快说！"

"外公小时候曾经发现过一个地方——可是我之前绝对确信绿宝石一定会在保险箱里！"

"那是哪里？快说！"

维塔咽了下口水："在塔楼。"

"你说的是那座快要垮塌的塔楼吗？"希尔克问道。

"正是那座塔楼。"维塔说，"我们走吧。"

他们排成一列沿着走廊前行，不时回头察看周围的情况。他们一直走到走廊的尽头，走廊在那里变宽，并连着另一段楼梯，宽得足够四个人并排跑上去。楼梯是用橡木搭起来的。无比华丽而昂贵的橡木仍然发着光，显得锃亮。木头曾经被抛光，现在却已经被蛀虫和湿气侵蚀，到处是斑斑点点。楼梯的一侧洒满了月光。

维塔走在有阴影的楼梯一侧，在前方领着路，那是星光照不到的地方。她感觉皮肤下的肌肉紧张到极点，仿佛缩成了一团。

正如维塔所料，楼梯顶有一条走廊，她似乎已经来过这里十几次了。她记得一切看过的东西。她如释重负，终于松了一口气。

维塔向左转去。一行人蹑手蹑脚地走在走廊上，就在这时，阿尔卡迪的脚踩在了一块嘎吱作响的木板上，在维塔耳中，那简直和一声尖叫一样吓人。他们都呆立不动了。

四周再次安静了。城堡再次笼罩在一片尘封的、庄严肃穆的气氛中。

"没事。"维塔说道。

话音未落，一声放炮似的巨响传来。希尔克、塞缪尔和阿尔卡迪把身体紧紧贴在墙壁上，维塔则跑到窗前。在这个偏僻的乡间，只有一件事会造成这么大的响动：那就是一大块木板刚刚撞上了什么东西。前门外的码头边，停泊着一艘小型摩托艇，铬合金的船身在月光下并闪闪发光。

"去前门。"维塔轻声说，同时把手伸向折叠刀。"他来了。"

第二十二章
抉择

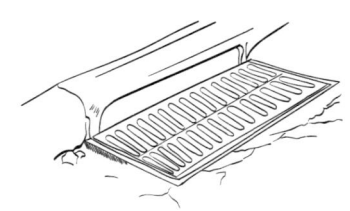

有那么一瞬间，维塔的意志好像被彻底摧毁了，本能牢牢攫住了维塔，并把她像老鼠一样来回摇晃。她想要推开其他人，冲下梯子，跳进水里游回家。

离开吧，她的内心呼唤道。离开朋友们，一走了之。

维塔抓住窗台，等待这感觉过去。就像之前常常发生的那样，逃跑的冲动消失了，却使得她胃里产生了一阵要呕吐的感觉。尽管只过了几秒钟，却像一个小时一样难熬。其他人仍然站在走廊里，等待维塔指挥下一步的行动。

维塔向他们转过身去，扬起下巴，挺起肩膀，像一名侦探，一只猫，或者一位杂技演员那样直面黑夜。

"索罗托雷要么马上来找我们，要么就先到花园里去看他的手下有没有挖到珠宝。我认为后者更有可能。"

"是的。"希尔克说。

"不管怎样，他很快就会发现我们逃走了。"维塔说，"他会开始搜查城堡。"她的语速很快，词和词都连在了一起，其他人只得靠近倾听。"听着，整个城堡有26个房间。如果他从底层开始，按照正常次序，每个房间都彻底搜查一遍的话，那么他可能要花26分钟才能搜到最后一个。"

"不。一分钟太长了，更有可能每个房间30秒——所以是13分钟。"阿尔卡迪说道。但阿尔卡迪的眼睛立刻又亮了，他明白了维塔的意思。

"你们需要知道出去的路在哪里。"维塔快速说道，"地窖后面的墙上有个格栅，其实就是墙上有个洞，上面有个铁栅栏——排污管道以前在那里。"

"排污管道？这就是你的逃生路线？从下水道走？"

"现在不是排污管道了，只是一个用螺栓固定在墙上的格栅，但从里面可以拧开。希尔克应该可以把它撬开，你们可以直接把格栅扔进湖里。这就是那里只能出不能进的原因。你们必须游出去。"说完，维塔沿着走廊向后走去，从另外三人身边离开了。

"索罗托雷来了。我很抱歉，这不是我预想的那样。你们得走了。"

阿尔卡迪哼了一声，听起来更像是在笑。他说："我们不能把你留在这儿！"

"但你们必须这么做！如果知道索罗托雷会来，我决不会把你们带到这儿来 ——"

"你的计划是什么？"塞缪尔问。

"我这就去塔楼。那是他最后搜查的地方。前几年，当塔楼变成危楼的时候，人们就把那里用木板封起来了。因此，索罗托雷可能根本不会走到那里，应该不会。"

"但如果你被困住了怎么办？"希尔克说道，她的声音很平静。"维塔，也许你是对的 —— 也许我们应该离开。但如果我们要走，你得跟我们一起走。这不是游戏。如果索罗托雷找到了你，天晓得他会怎么对待你。"

维塔摇了摇头。"我发过誓。"

"你外公不会让你这么做的！"希尔克说。

"我发过誓。"想象中外公的模样和恐惧一样来得很急。他用蜷曲的手指拿起那块绿宝石，让阳光照在它上面，脸上终于绽开了笑容。"我知道这不是游戏！等我找到那条项链，一切就会不同了。"

"好吧，我们已经浪费了整整 1 分钟了。"塞缪尔说，"快走吧。"

"我和你一起。"希尔克说，"既然你要犯傻，那么不如让我们两个一起犯傻。再说，门上面可能会有锁。"

塞缪尔说："阿卡和我在下面那层望风。一旦索罗托雷上来，我们立刻给你们发信号。"

维塔点点头。她想说一些话，能够表达她心中的隐痛。相比人们日常说的平淡无奇的话，这些话应该更为郑重。但她没时间了，因为索罗托雷随时可能出现。

于是维塔仅仅说了声"谢谢"，就跑了上去。

第二十三章
对决

维塔把手电筒留给了两个男孩。她用一只手快速摸索着石墙，领着希尔克穿过了黑暗的走廊，一直走到了另一个楼梯口。她一瘸一拐地走了上去，希尔克喘着粗气跟在她身后。楼梯通向一个平台，左右两边都有许多房间。

"左边。"维塔轻声说。

走廊尽头的房门比其他的房门都要小，门用挂锁锁着。

"好的。"希尔克说道。然而到了现场，她却皱起了眉头，眉毛几乎要在眉心处会合。她跪下来，把撬锁工具插进挂锁里，随后紧张地摆弄了一气。希尔克的眉头愈发紧锁了。

"谁挂的锁？"

"外公挂的。这里通向塔顶。他不想让任何人上去。"

"太奇怪了，整个锁居然咬住了。"

"咬住了？被动物咬了？"

希尔克摇了摇头，说："不，是整个装置坏了。就好像最后一次上锁之后，有人用螺丝刀把里面弄坏了，好像是为了确保没有人能再打开。"

维塔的心一沉，接着问道："所以那是什么意思？难道我们进不去了？"

"不。"希尔克说。她从长筒袜子底部拿出一条更长更细的铁丝钩子，用这个钩子来替代原来的撬锁工具。希尔克接着说："只是要多花点时间罢了。"

"可我们没有时间了！"

希尔克瞪了维塔一眼。"我不是没注意到。"她说，"你能给我点光吗？"

于是，维塔划着一根火柴，希尔克的眼前被照亮了。希尔克把手轻轻放在锁上，好像指尖可以听到里面的声音似的。

突然，楼下传来砰的一声关门声。维塔猛地把火柴一扔，火柴随之熄灭了。维塔连大气儿都不敢出。

希尔克深吸了一口气，把一块新的金属片塞进锁里，直到挂锁里面发出一声几乎听不见的咔嗒声，她才终于呼出了一口气。她把锁取下来递给维塔，维塔塞进了口袋里。她拉开门，门吱吱作响。

门后是一道螺旋楼梯，由凹凸不平的石板铺就，因为人们长时间的踩踏，台阶表面已经磨得如大理石一样光滑。一张蜘蛛网挂在弧形的天花板上，在维塔擦亮的火柴光下，从灰色变成了银色。

"如果你不想进来，"维塔说，"我完全理解。"

希尔克哼了一声，懒得回答。

维塔以最快的速度爬上楼梯。希尔克跟在后面，并关上了身后的门。

屋子里面漆黑一片，维塔暂时停下脚步，她站在楼梯上，又划着了一根火柴。她摸索着口袋里备用的应急蜡烛头。她对自己说，如果有紧急情况，就靠这个了。

"还有多高？"希尔克轻声问道。

"快到了。"维塔说。楼梯变宽了，前方出现了一间塔房，虽然塔房里的每堵墙只有不足 10 英尺的宽度，屋顶却很高。塔房的一个角落有一段几乎是直上直下的木质楼梯，楼梯口是一扇离地 30 英尺的门，门开在墙上，差不多和窗户一样窄小。

"是那里吗？"

她们一起登上楼梯。楼梯破败不堪，好像有什么东西经年累月，用牙齿、利爪和小型武器，对它发动了一场战争似的。

"是虫子蛀的。"维塔说。

"安全吗？"希尔克问道。

"不一定。"维塔说，"但这是唯一的路。"

"屋顶上有什么？"

"天空。"维塔说，"我先上去。"

维塔把一只脚放在木梯子的第一级中间的时候，她感觉梯子向下一沉。她接着登上了第二级和第三级，只听得楼梯像柴火一样噼啪作响。脚下的什么东西啪地断了。于是她加快速度攀爬，手脚并用，同时感到木阶被两个手掌拉弯了。希尔克跟在维塔身后，两步并作一步地向上爬。希尔克的喉咙里发出轻微的嘶嘶声，根本不敢高声叫唤。就在维塔快要攀爬到木梯顶部的时候，楼下很远的地方传来了踩在石阶上的脚步声，她不由得停下了脚步。

有人正朝着塔楼走来。

维塔发起最后的冲刺。她摸到并推开了小木门，然后奔跑着穿过了它。她冲进了露天圆塔里，站在石板铺就的地面上。希尔克跟在她身后，毫无声息地关上了她身后的门。她们从门缝窥视，目光沿着木梯向后方直抵黑暗中的世界。

一盏煤油灯发出忽隐忽现的亮光，照亮了下面的小房间。一个脑袋出现了，接着是那副宽肩膀。

塔楼的房间里满是灰尘，索罗托雷暂时停下脚步，抬起头看着楼梯。从维塔的角度望去，木梯破得像一艘失事的船。他咕哝一声，走了过去。

索罗托雷迈出的第一步就把木梯弄断了。他皱起眉头，正要再走一步，下面突然传来了声音——不是关门的声音，也不是风声，而是一声兴高采烈的欢呼，声音在墙壁间回响着。

"维塔！"喊叫声穿过好几层楼，"我找到了！"

"阿尔卡迪。"维塔轻声说。

索罗托雷愣住了。随后，他转过身去，马上从来路返回。

"他找到了!"希尔克小声说,"我们走吧!去地窖!"

"等等!"维塔说。

"怎么了?走吧!阿尔卡迪找到项链了!"

"他如果找到了,是不会大喊大叫的!他可不傻。"

希尔克哼了一声。

"他不傻。"维塔说,"他很聪明,他实际上非常聪明。准是楼下出了一些状况。"

"但他听起来很高兴!"

"如果阿尔卡迪是为了把索罗托雷引下楼梯,那会怎么样呢?如果阿尔卡迪知道我们被逼到绝路上了,又会如何呢?"

希尔克明白了维塔的意思。"现在该怎么办呢?"希尔克问道。

维塔的大脑飞速旋转着。"我们悄悄地下去,从楼梯上取一些木头当武器,从身后制服索罗托雷。"

"但如果阿尔卡迪和塞缪尔在楼下没有找到宝石,那说明它在这里。既然在这里,我们没找到的话,就不应该离开。"

"如果索罗托雷抓住了阿尔卡迪和塞缪尔，那么我是不会待在这里的。"维塔试图从希尔克身边绕开，"他们在这里都是我的错 ——"

"不！"希尔克推了维塔一把并说道，"他们如果知道我们现在放弃了，会把我们杀了的。藏宝石的地方在哪里？"

维塔摇了摇身子，然后说："我不知道。在最高的塔里某块松动的石头下面。"

希尔克耷拉着脸，心情极度沮丧，环顾着她们四周的石头。她说："别逗了。你可以缩小点范围吗？"

"不可以。"维塔感觉这个词从自己嘴里说出来，很沉重。

"维塔，你快动脑筋呀！"

维塔费了好大的劲儿，才把思绪拽了回来，分别从她脚上，从她胃里，从她惊慌失措并大喊大叫的胸膛里拽了回来。"外公是个珠宝商。"维塔说，"他曾说过，几乎任何东西都有可能成为宝石。我们可以找找好看的石头。"

"它们不好看！它们就是些石头！"

然而，在烛光和月光的共同作用下，有些石头确实比另一些更好看。有的是冷冰冰的灰色，有的则带有紫色的条纹、蓝色的斑点和白色的纹路。

维塔一面搜索着墙壁，一面伸出手去触碰那些布满斑点或者形状像各大洲的石头。希尔克则把腰弯得低低的，翻捡着墙根的石头。同时，希尔克还低声嘀咕着："好看的石头。嗯，没错儿。奢侈的石头，为什么石头不能好看呢？"

塔是圆形的，直径大概不足五步，却比维塔高许多。维塔正盘算着如果那块绿宝石放置在高处自己该怎么办时，她突然感觉到了手指下的松动。

维塔又看了一眼手掌下的这块石头。这块灰色石头几乎完全呈正方体，上面贯穿着一条弯弯曲曲的蓝色闪电。

维塔把手指伸进石头边缘的灰泥里，然后往外拉。石头摩擦着灰泥，灰泥摩擦着指甲，发出尖锐刺耳的声音。刚开始，这块石头被慢慢地拽了出来。然后，石头突然落在维塔怀里。她不小心把石头掉落在圆塔的石板地面上，差点儿重重地砸在她自己的脚上。

"希尔克！"维塔不知道为什么突然哽咽了。"希尔克！"维塔喊道。

希尔克转过身，瞪大了眼睛，张大了嘴。在烛光的映照下，她们看到在墙的正中央位置，一个木盒子被人用楔子牢牢卡进墙里。

"就在这儿。"维塔轻声说。

希尔克大为惊讶，声音顿时变得沙哑，连声说："我不敢相信！我不敢相信！"

维塔把手伸进墙体里面并把盒子拿出来的时候，双手一直颤抖着。她的手指被夹了一下，两根手指尖上的皮都擦破了，但她根本感觉不到。

盒子和小孩儿张开的手掌一样大，上面满是灰尘，点点灰泥覆盖其上。维塔用袖子擦了擦，深褐色的木头顿时显出光泽。她摇了摇盒子，里面没有珠宝碰撞时发出的咔嗒咔嗒声，却有某个裹着布的东西发出的低沉的咚咚声。她把指甲戳进盖子下面，想把盒子打开。

她更加用力地再试了一次。"打不开！"维塔把盒子翻了过来，前前后后盯着看了好一会儿。"上面没有锁。"

希尔克把盒子接了过去，并说："肯定在哪里有暗锁，让我——"

就在她说话的时候，楼下传来一声尖叫，两个人面面相觑。

"是塞缪尔！我们走。"维塔拿出后兜里的油布，手忙脚乱地把盒子包了起来，一瘸一拐地向下跑去。她把盒子放在衬衫的前襟里，冰冷的盒子贴着她的皮肤。

维塔以冲刺的速度冲向楼梯。在那一瞬间，多年来家人对她的叮嘱，诸如：慢点走，要小心，等等，都被维塔抛诸脑后。此刻，她的靴子敲击着地面，她飞奔着下楼，冲向塞缪尔和阿尔卡迪。这时候，希尔克脚下一滑，臀部着地重重地摔了一跤。维塔转身要帮忙，希尔克却一面骂骂咧咧，一面爬起身来，推着维塔的背继续往前跑。

她们冲出木门，冲进了走廊，不再顾忌她们奔跑时发出的声响。

"稍等！"希尔克气喘吁吁地说，"我们仔细听听。"

维塔试着屏住呼吸。屋里一片寂静。尖叫声再次响了起来，第一声还没完，接着又是一声尖叫。

维塔皱了皱眉头，那不是惊恐的尖叫声，而是故意为之，宛如战斗的呐喊，划破冰冷的天空，传了过来。

"是从楼下传来的。"希尔克说。

"我们走吧。"维塔说。

她们尽可能蹑手蹑脚地沿着黑暗的走廊前进，悄无声息地穿过一扇扇关着的门。

突然，一扇门猛地打开了，一个黑影从里面扑出来。来人先把维塔拦腰抱住，然后把她的手按在了身体两侧。最后，维塔脸朝下，被来人扑倒在地。

维塔把一只胳膊挣脱出来，正准备伸手抓那人的脸。忽听得一个声音喘着粗气说："维塔！"然后那人便放开了她，说："我还以为是索罗托雷呢！"

来人是阿尔卡迪。他侧身一滚，跳了起来。"你还好吗？"

维塔感觉不好，她左脚脚弓里的一根筋仿佛着了火。但她只是说道："发生了什么？快告诉我！"

"我看见索罗托雷沿着你们上去的路走过去了，所以我跑到对面的卧室里，大喊我拿到了宝石，然后他就冲了进来。我藏在衣橱里，我觉得衣橱太容易被发现了，就在他准备要打开衣橱的时候，然后——"

"然后呢？"维塔问道。

"塞缪尔突然叫了一声，但不是在卧室里，而是楼下的某个地方。然后索罗托雷像猫一样尖叫了一声，跑了出去。我从柜门的缝隙里看到了索罗托雷，维塔，索罗托雷带着枪。"

"我们走。"维塔说。她慢慢站了起来，试着把重心移到左脚上，还能站住。"塞缪尔！"

"我们是静悄悄过去，还是突击？"希尔克问道。

"悄悄地。"维塔说，"先悄悄地。我们需要知道现在到底是什么情况。"

阿尔卡迪把手电筒递给维塔，维塔领着大家走到了楼梯的顶部。她停住脚步，"有情况。"

再没有尖叫声，然而客厅的大理石地板上响起了急促的脚步声。

接着，一个声音吼道："小子！你无路可走了！你在哪儿呢？我们可不是在做游戏。"

维塔领着大家走下楼梯，小心翼翼地踩在台阶的外侧边缘，那里虫蛀得最不严重，嘎吱声最小。

在走廊的拐角，她犹豫了。如果他们再往前走一步，索罗托雷就会看到他们。

三个人面面相觑。

"我最好的朋友在里面。"阿尔卡迪说，"我必须做点什么。"

"那我们冲吧。"维塔说。

阿尔卡迪大喊了一声出击号令，在维塔的带领下，三个人健步如飞，冲过走廊的最后几步路，跑进了石头大厅。此刻，索罗托雷正站在空荡荡的大厅中央，一只手提着煤油灯，一只手握着猎枪。他猛地转过身来。

那一瞬间同时发生了很多件事。索罗托雷看见了维塔，索罗托雷因震怒而说不出话，只得发出一声怒吼。维塔被吓得呆立在原地，不敢上前，大气都不敢出一声，只得盯着索罗托雷。她从来没有见过如此不加掩饰的愤怒，也从没见过这么可怕的脸。

与此同时，从最高处那扇足有 40 英尺高的窗户上，一个吊在绳子上的身影荡了下来。绳子系在窗户的护栏上，当来人在空中腾飞的时候，绷紧的绳子发出吱吱嘎嘎的响声。

所有人都抬起头。塞缪尔在半空中松开了绳子，猛地抓住了吊灯的底盘，在他们头顶上方摇摆着。较大的水晶挂坠相互撞在一起，较小的则像冰雹一样落在了地面上。

索罗托雷呆立着，难以置信地看着眼前的一切。

"快跑！"维塔轻声对希尔克和阿尔卡迪说道，"去地窖里，把格栅弄下来。"他们迟疑了一下，然后维塔推了他们一把，"快走吧！"

这一次，他们跑了，他们绕过索罗托雷狂奔——索罗托雷此刻正盯着塞缪尔。塞缪尔把自己拉到了吊灯的上面，紧紧抓着挂吊灯的链子。

维塔跟在他们身后几步远的地方往外跑。但她在快跑出客厅的时候，停下了脚步。她转身蹲在老式的落地钟后面，破裂表盘上的指针正指向午夜 12 点。

"小子！是你喊的吗？你有宝石吗？"索罗托雷说道。

塞缪尔一言不发。

　　维塔将手里的折叠刀弹开了。她以专业人士的眼光，精准计算着将刀插入索罗托雷胸膛时，刀子飞出的曲线轨迹。

　　但她不能把刀扔出去。维塔想起外公的话，想起外公对她毫无保留的信任。外公说："你生活中的武器不应该是一把刀。"想到这里，维塔的手腕突然无法弯曲，无法动弹，更无法投掷刀子。她的整个身体僵住了。

　　"小子，你给我现在就下来。"索罗托雷说道，"要不然，我先开枪打死你，然后是你的同伙们。"

　　把刀掷出去就意味着死亡。维塔蹲在地上，藏在老式落地钟后面，静静看着，她的身体开始颤抖。她不想和死亡沾边，不想触碰生命结束时无可挽回的黑暗。在一切有生命的东西中，维塔最厌恶眼前的这个家伙，但话说回来，索罗托雷至少还活着。

　　塞缪尔睁圆了眼睛，盯着下面。

　　"把刀扔出去！"维塔的内心在尖叫，"现在就扔！"

　　然而她还是放下了刀。她突然感觉到了口袋里的重量，是塔楼生锈的挂锁。

　　维塔拿出挂锁，一下子重新掌控了自己的身体。她瞄准目标，快速而精确地计算了一下距离和角度，然后先向后抡起胳膊，接着再把挂锁掷了出去。

挂锁击中了索罗托雷左耳上方的太阳穴。他踉踉跄跄地向后退了两步，然后像断线的木偶一样瘫倒在了地上。

维塔挣扎着站了起来，"塞缪尔！你能跳下来吗？"

塞缪尔低头看着石板地面，摇了摇头。"我不能跳到石头上，我的脚踝会摔碎的。"

"别动！我去找梯子。"维塔喊道，尽管维塔的身体僵硬得几乎站不稳，但她还是冲过走廊。

"等等！"维塔头顶上方的塞缪尔摇了摇头。他开始快速来回摇晃，链条上挂着的吊灯剧烈摆动了起来，水晶挂坠掉在了下方索罗托雷的身上。就在他摆荡到最远处的时候，他准备放手——但他犹豫了，脸上布满恐惧的表情，他又荡了回来。

维塔回想起午夜时分在舞厅里，塞缪尔在半空中飞身而起，回想起当时他那欢欣鼓舞的样子，回想起他曾经说过的话。

"准备好！"维塔叫道。"塞缪尔，准备好！"

塞缪尔深吸一口气，"准备好了！"

吊灯向右边的高处荡过去。"跳！"维塔叫道，塞缪尔大叫了一声，叫声回荡在大厅里。随即，塞缪尔放开哗啦作响的吊灯，从空中飞跃而过。

塞缪尔从维塔身边飞过，伸展双臂，在空中转体两周，碰了下走廊里那被虫蛀过的、已经不结实的木地板。他肩膀着地，在地上翻滚了两圈，然后跳起身来，用手揉着肋腹部，一脸苦相。

"你疼吗？"维塔问道。维塔跑到索罗托雷身边，拿起他的枪，然后向塞缪尔跑过去。木头擦到了他胸前的皮肤，"你流血了！"

塞缪尔懒得回答。他问维塔："你拿到盒子了吗？"

维塔愣了一下才明白塞缪尔的意思。

"拿到了。"她说。现在看起来这不算是什么胜利了。看着那乱七八糟的一地水晶吊坠碎片，还有躺在其中的人，维塔说出了那句属于所有英雄、罪犯和逃脱艺术家的话：

"我们离开这儿吧。"

第二十四章
爱与恐惧

　　他们一路奔跑，但每一步都回头张望。就在他们跌跌撞撞穿过厨房的时候，窗外隐约传来了看守和他的同伴挥动铁锹的当啷声。地窖里空无一人，维塔用她那越来越暗的手电筒照亮了整个房间，让人感到窒息的灰尘味已经荡然无存，夜晚的冷风从墙上一个大约 1 英尺宽的洞里吹了进来。向外望去，看不见河岸和陆地。从这里出去，便会直接掉进湖水里。

　　维塔把索罗托雷的枪从洞里扔了出去，然后看着塞缪尔的宽肩膀，不禁感到一阵担忧。"你能穿过去吗？"

　　"只有试了才知道。"塞缪尔说道，"你先来。"

　　"不！"维塔说，"你更壮，你先来。如果我穿过去了但你没有，那么你就会一个人卡在这里。"

　　塞缪尔看上去似乎想要争辩几句似的，但维塔把塞缪尔往洞那边推了推。

"别那么高尚了！这是常识！"

"好吧。"塞缪尔说道。他先把脚伸了出去，双臂举过头顶，好让肩膀尽量变窄。先前落地时受伤的皮肤摩擦着石墙。但他没作声，只是努力向洞外爬去。因为疼痛，他的眼睛眯成了一条缝。

"我卡住了！"他气喘吁吁地说道。

就在塞缪尔说话的时候，他们头顶上方的门开了。

维塔放下手电筒，双手使劲地推了一把他的肩膀，塞缪尔扑通一声掉进了湖里，同时发出了一阵喘息声。维塔丢下快要没电的手电筒，跑进黑暗之中的酒架间，最后弯腰躲在了几瓶红酒后面。

索罗托雷擦得锃亮的黑皮鞋出现在门口。他走下台阶，停下脚步，注视着敞开的格栅和仍在晃动的手电筒，手电筒忽明忽暗地闪着光，然后熄灭了。

"我知道你还在这儿。"他叫道，声音在黑暗中回响，"我能听见你的呼吸声。"

脚步声在一排又一排的酒瓶中间回荡，索罗托雷提着一盏小小的煤油灯，离维塔只有两排酒架那么远的距离。维塔试着把脚往后挪，却发现自己动弹不得。

"孩子，够了。"索罗托雷说道，声音冷得像地上的石板，"反正我是受够了。"

维塔蜷缩在黑暗中。恐惧在她心中蔓延，至少这一次，维塔根本无法克服恐惧，而且恐惧快要将她吞噬了。不断上升的恐惧让她再也动弹不得，她的身体仿佛变成了一具被皮肤包裹住的行尸走肉。

维塔想，我实在做不到了。

她不由自主地想到了那头被拴在舞台上的大象。维塔感受到了他们同样的绝望。

恐惧彻底漫过了维塔的头顶，并把她淹没了。

她跳动的心不止想到了那头被囚禁的大象，她的外公，杰克·威尔斯，好像被魔法召唤，也出现在她的记忆中：外公还是原来的样子，在医院的墙上画着靶心，不守规矩，富有才华和生命力。

恐惧与爱相遇了，两者合二为一。

爱成了她的武器。

她站了起来，发出一声怒吼，朝着索罗托雷扑了过去。这怒吼索罗托雷做梦也没有料到。

这和跟一帮扒手在巷子里的厮打完全不同。这是双方怒火的碰撞。索罗托雷是因为可能招致突如其来的失败而发怒，因为眼前这个怒目圆睁、丑陋的残疾小孩儿而发怒。而维塔的怒火，则是因为这个愚蠢的世界竟然会对这样一个偷窃了那么多，毁灭了那么多的人顶礼膜拜。

索罗托雷体形更大，但维塔心中的怒火更旺。况且，尽管她年龄不大，身材矮小，但她更无情，也对痛苦更习以为常。索罗托雷的手抓住了维塔的腰，而维塔扭动着身体，狠狠用牙咬索罗托雷，一副不管不顾的劲头儿，那股狠劲儿让索罗托雷流出了血。索罗托雷像对付动物一样摇晃着维塔，而维塔也是"以其人之道还治其人之身"。

维塔的手向后一挥，紧紧抓住一个酒瓶，然后朝索罗托雷的头砸了过去。只一会儿，索罗托雷就滑倒在了洒出来的酒和玻璃碎渣里。而维塔则立刻向敞开的格栅跑了过去。

索罗托雷马上站了起来，喘着粗气，浑身湿透，朝着维塔扑了过去。

维塔打开折叠刀，吸了口气，瞄准目标掷了出去。折叠刀不偏不倚，正中索罗托雷脑后的威士忌酒瓶。酒瓶爆开了，索罗托雷的头发上顿时沾满了威士忌酒。其他十几个瓶子也被撞到了地上，玻璃飞溅开来，在墙上弹回来。索罗托雷号叫了一声，立即低头躲闪，抬起手保护自己的眼睛。

维塔朝着墙上的洞跑了过去。然后她把一只手放在墙砖上，让自己冷静了一下，转过身来。

"你的手下迪林杰说，我是在玩火。"维塔说道。

维塔将所有的愤怒和恐惧集中在手心。她抓起手电筒，在指尖转了一圈，然后投掷出去。这次，她的目标不是酒瓶，而是索罗托雷放在地板上的煤油灯。煤油灯炸开了，威士忌遇上火苗，熊熊燃烧起来，火焰在地面上蜿蜒伸展着，向索罗托雷蔓延而去。

维塔张开嘴，猛地吸了一口气，结果吸了一大口烟气。火焰已经烧到了索罗托雷那油乎乎的、易燃的头发上。他尖叫着，试图用夹克衫把火扑灭。

维塔从洞里钻过厚厚的墙壁，头朝下从空中落下，栽进了湖中。湖水初一接触像泥土一样硬，但马上张开怀抱，接纳了她。在黑暗中，维塔一次又一次在湖水中来回扑腾着。

四周一片漆黑，找不到向上的方向。维塔强迫自己不要惊慌。她睁开眼睛，漫无方向地打着转。然后她想起来了，要呼出气泡，它们会浮到水面上。于是，她吐出了胸腔里一半的空气，湖水倒灌进嘴里，她努力不让自己呛到。气泡飘了起来，维塔感觉泡泡飘向了自己身体的一侧，但还是跟着游了过去。她一只手按住衬衫下面的盒子，另一只手拼命划着水。

最终，维塔的头浮出了水面，她喘着粗气，吐着唾沫。因为连连被水呛到，所以只得张开嘴巴，大口呼吸着空气。在她前方的月光下，一个人影出现在湖岸上，那是塞缪尔，原来他被人拉进了灌木丛。

维塔用手拼命拍着水花，向前扑腾，然后想起了那一双双凝视着她的眼睛，"小心！"她低声对自己说。维塔的胸脯被烟和水弄得又红又烫，她试着潜入水中，推动她前进的与其说是双臂和双腿的肌肉，倒不如说是绝望的力量。每一秒钟，她都感觉到摩托艇似乎要从身后追上她。她冒险回头看了一眼，烟雾正从城堡的墙缝里袅袅升起。

维塔又蹬了一下腿，感觉脚碰到了地面。她在泥中站了起来，接着跪倒在了水里，然后又站起来，最后跌跌撞撞地倒在了希尔克的怀中。希尔克趟过齐腰深的水去接她，她抓住了维塔的手腕，这才把维塔拉进了灌木丛中。

阿尔卡迪和塞缪尔等在那里，浑身都湿透了。维京和亨特这两条狗和他们在一起同样湿透了。

"我猜它们是在所有人都在挖坑的时候，从码头那里跑出来的。"阿尔卡迪说，"我要把它们带走。"

大家再也没说话，他们跟跟跄跄地一起向前走去。维塔那条湿透了的，沾满了泥巴的左腿一路隐隐作痛，关节发出刺耳的声音。在茫茫夜色中，他们走到了马边上，马认出了阿尔卡迪，发出嘶鸣声。阿尔卡迪爬上其中一匹，把快要站不住的维塔拉上了马背，让维塔坐在自己前面。

希尔克伸出手，拢起掌心，塞缪尔踩了上去。鲜血从他肩膀上深深的伤口处流了出来，滴在深棕色母马的背上，但他还是伸出了那只完好的手，帮助希尔克跃上马背，让希尔克坐在他身后。他们胯下的马穿过森林，沿着乡间的道路向前奔驰。维京和亨特在阿尔卡迪那匹黑马的两侧，迈着轻快的大步奔跑着。就这样，一行人紧紧团结在一起，向着日出的方向，径直骑行而去。

他们走着走着，开始下雪了。

城堡里的看守从那个足有 8 英尺深的洞里抬起了头。他先站起身来，闻了闻四周的气味，然后连忙跑进城堡。在一堆快要熄灭的火边，他发现神志不清的索罗托雷躺在楼梯上，还有一地的碎玻璃。索罗托雷咆哮着大喊救火和救命。

在角落里火焰没有烧到的地方，放着一堆衣服。衣服的主人，是那种在生活中从来没有产生过危险想法的孩子。

第二十五章
回家

下一趟火车还要等好几个小时。黑马卧在月台上，四个人和两条狗蜷缩着身子，靠在它柔软的身体上，相互取暖。阿尔卡迪在野外找到了一些马毯御寒，但即便如此，当他们终于登上火车的时候，维塔身上的每一寸都在隐隐作痛。她咬紧牙关，以免牙齿打战。

好在车厢里很暖和，令人感到舒适。他们身上的水很快就蒸发了，车厢窗户的里侧则蒙上了一层雾气。一辆兜售小吃的手推车经过，阿尔卡迪在口袋里找出一枚一角硬币，买了一杯热巧克力供四人分享。还没等巧克力变凉，四个人就把它喝完了。维塔盘腿坐在椅子上，把"不能把脚放在座位上"的教导抛诸脑后，靠在车厢的角落里沉沉睡去。

7

快到纽约的时候，她醒了。希尔克和阿尔卡迪还在熟睡，塞缪尔却盯着窗外，他转过身来看着维塔。

"我一直在琢磨那本红色笔记本。上面不止有计划，不止有地图和火车时刻表等。在后面，有一段像是日记的话，关于你的外公和你的折叠刀，为什么要写那些？"

"那也是写给索罗托雷的。"维塔说，"我想让他知道他试图伤害的是什么样的人。"

中央车站天花板上闪烁的星星欢迎着他们。一行人瑟瑟发抖，步履维艰地穿过风雪，他们穿过西45街，经过时报广场，沿着第七大道往卡内基音乐厅走，两条德国牧羊犬跟在他们身后。

"我在想家里人有没有注意到我们不见了。"阿尔卡迪说。

"我可以很肯定地说，他们发现了。"塞缪尔说。

"不知道他们会怎么对待我们。"

维塔在思考同样的问题，她努力平息担忧的心情。与她离家出走后遇到的危险相比，回到家时可能会遭遇的麻烦，似乎是微不足道的，因此她之前几乎没考虑过这事儿。然而现在看来，麻烦似乎比想象中大得多。

他们转过街角，维塔的心一沉。一群人站在卡内基音乐厅外的人行道上。其中有阿尔卡迪的父母，因为愤怒而绷着脸的摩根·卡瓦扎，还有杂技演员麻衣子。一个警察正在做笔录。而维塔的妈妈站在人群的边缘，目光审视着街道，眼中流露出绝望的神情。

希尔克飞快地拐回到街角这边，其他人跟上前去。

"我就不去了！"她说，"我回包厘街。"

"不！"阿尔卡迪说道，"不是同一个警察，这个警察不会认出你的。我们必须在一起。况且，你不想看看绿宝石吗？"

他们一起转过街角，个个筋疲力尽，衣衫也因为水渍和长途跋涉而肮脏不堪。在一阵令人心脏狂跳的停顿之后，空中传来了一声狐狸般的尖叫，朱丽娅·马洛（维塔妈妈的全名）沿着街道冲了过来。

她把维塔举了起来，维塔完全离开了地面。朱丽娅把维塔紧紧贴在胸口，好像这样能把她们俩绑在一起似的。

"你去哪里了？你受伤了吗？你在流血！发生了什么？你都干了什么？"

维塔把头埋在妈妈肩头，嗅着妈妈身上的香水味，用胳膊搂着妈妈的脖子。甚至当妈妈松开手擦泪时，维塔也都没有松手。

警察低声嘟哝着离开了。仅仅片刻，这里就出现了"几乎无法控制"的混乱场面。阿尔卡迪的妈妈时而握住他的手腕，时而将他拥入怀中；爸爸则怒气冲冲，腰杆笔直地站在一边。塞缪尔一动不动地站在他叔叔面前，叔叔激动得浑身颤抖，用绍纳语对他低语着什么。希尔克远远站在一边，眼睛看着地面。

"我们进去吧，里边暖和。"拉扎伦科先生带着浓重的俄罗斯口音说道，声音中充满着难以抑制的愤怒，"我们担惊受怕了一晚上，你们最好能说出个把充分的理由。"

一行人走进大理石铺就的大厅，两条狗跟在阿尔卡迪身后。

"来主舞台吧。"拉扎伦科夫人说道，"已经开始为白天的场次开暖气预热了。而且有人在等着呢。"

他们挨个儿走进剧场。两条德国牧羊犬爬上两把天鹅绒座椅，很快进入了梦乡。维塔此时却只能看到那个坐在舞台中央木椅上的人。一个声音响彻整个大厅。

"小坏蛋，请给我一个解释。"

维塔的外公站起身，他拄着拐杖站定，低头看着维塔。外公的脸气得铁青，没有一丝笑意。

维塔的妈妈推维塔上前，并说道："快到外公那儿去。他一直在为你担心，也很生气。我都怕他心脏病会发作。"

人们很少有机会，能把珍贵之物放在所爱之人的脚下，来证明自己付出的爱。维塔与外公间的距离似乎变长了，维塔沿着台阶登上舞台，然后站在外公的面前，她感觉自己仿佛跨过了好几英里远的路途。

维塔解开外面衬衣的扣子，把手伸进汗衫里，取出了包裹好的东西。她打开油布，油布摸上去的感觉仍是潮湿的。维塔把木盒子拿了出来，然后放到外公手中。

老人的身子开始颤抖了。

外公朝维塔的双眼望去，开口说道："小坏蛋——你怎么找到的？你都做了些什么？"

"我们打不开盒子。"维塔低声说，"我们找不到锁头，所以我们猜测，它可能是焊死的。这是在塔楼里找到的。"

"在哈德逊城堡？你们去了城堡？"外公的目光从维塔、塞缪尔、希尔克和阿尔卡迪身上一一掠过。另外三人跟着走了上来，现在他们正站在主舞台的角落里。

"是的，我们认为……它肯定是那个盒子。它是的，对不对？"

他把盒子翻转了过来。在那无比紧张的一瞬间，维塔万分担心外公会认不出来这是什么；万分担心她拿错了盒子；万分担心自己在异国他乡历尽千辛万苦，却带回一个里面什么都没有的盒子。

然而，外公的手指滑过木质的盒面，寻找着什么。他按了一下，盒子正面的底部立刻向外弹出，露出了一个钥匙孔，这个钥匙孔并不比维塔小拇指的指甲盖大。

外公拿起他的表链。"我把钥匙拴在这里了。"他说，"我本以为这是我仅剩的一切了。我本以为我已经失去了这个盒子。我本以为这把钥匙就是我所拥有的一切了。我努力跟自己说，有它就足够了。"

钥匙很小，外公那双患有关节炎的手笨拙地摆弄着钥匙。钥匙咔嗒一声插进了钥匙孔，就好像一小时前刚刚用过一样。

维塔把双手插进口袋，默默祈祷着。

外公坐下来，他把盒子放在大腿上。他那双每天都在颤抖的手抖得更厉害了，试了三次才把盖子用力打开。

随着严重老化的木头发出一阵嘎吱声，擦得锃亮的木盒从上面吧嗒一声开启了。里面放着一块没有被湖水浸湿的黑色天鹅绒布。

外公屏住呼吸，他掀起天鹅绒布的一角，眼中涌出滚滚热泪。他平日苍白的面颊，此刻却像个孩子似的涨得通红。

外公扯开了天鹅绒布，然后发出温柔的叫声，这声音充满爱意与渴望，维塔以前从没见过这样的外公。

他拿出一个像狮子眼睛那么大的绿色饰物挂件，并用手托着它。外公用手指哆哆嗦嗦地抚弄着它，然后找到上面的一个搭扣，搭扣随之弹开，里面露出两张相片。一张是年轻时候的外公，他的长鼻子和宽阔的前额一点都没变。

在这张相片的正对面，是另一张相片。相片中，一位女士正在用一双宽厚的大眼睛看着世界。她面容清秀，两鬓已经开始发白。她和维塔有着同样的微笑。她的脖子上挂着的正是那串绿宝石项链。

外公把手指甲插到相片底下，把它从盒形项链坠中取了出来，并用嘴唇轻吻着。项链则被外公遗忘了，滑落到地板上。

"丽兹，"外公喃喃说道，两行热泪从外公脸上滚落，挂在了他鼻尖和脸颊的皱纹上，"噢，丽兹，我的姑娘，我心目中出色的姑娘。"

维塔的妈妈站起身。

"她去世后，"外公说道，"我把盒子放在了塔楼里，并把门锁弄坏了。我发誓我再也不会去看那绿宝石项链一眼，我当时很生气，因为她离我而去，把我留在这个世界的一团死灰之中。但你把她带回到了我身边。"

维塔弯腰捡起项链，放在外公腿上。

外公笑了，说："这是个旧物件，你想要吗？"外公将项链举到维塔面前，仿佛要给她戴上似的。

"您在说什么？"一阵惶恐突然在维塔心中升起。"不！我们必须把项链卖掉！"

"卖掉？为什么？"

"这样我们才可以请得起律师。我们要把它卖掉，还要把哈德逊城堡夺回来。这是我做的这一切的最终目标！"

外公明白了维塔的想法，感同身受地难过了起来。"哦，小坏蛋。这不是绿宝石，它不过是一块染了色的玻璃罢了，连用来镶嵌宝石的银色底座都是镀银的。"

听到这里，维塔的心因失望而猛地一颤。"不！这是有名的珠宝！我们家族的宝石是很有名的！"

"曾经是很有名，但是都已经卖掉了或者散失了。绿宝石是最后一块，但我们把它卖了，好换钱来修理屋顶。"

"但它看起来——"

"很像真的？我明白你的意思。在我们把真品送到拍卖行之前，我做了一个复制品。丽兹非常喜欢这复制品，就像它是真的一样。她会戴上仿制的项链，说道：'杰克，穿上你的舞鞋。'然后我们就会去最豪华的餐厅里，喝最便宜的汤。啊！那是我们的光辉岁月！但这顶多值五美元。"

眼泪挂在维塔的眼眶里，就要流下来。"但，"她小声说道，声音低得外公根本听不见，"您的家在城堡里面。我要帮您夺回城堡。"

维塔突然感到全身瘫软无力，她重重地坐在了地板上。她曾经那么想为外公而战，那么想取得胜利。她想得那么多。

不管维塔怎么努力，她都无法阻止一滴清泪从脸颊上流下来。

外公却因喜出望外而神采奕奕，维塔试图振作起来 —— 不能让外公看见她在哭。她四处摸索，寻找着手帕。维塔从裙腰里抽出一张半干的纸，就在维塔要用它擦鼻子的时候，维塔的手不动了。纸张顶部的几个字引起了维塔的注意："哈德逊城堡"。

那是从保险柜里拿出来的文件，因为打湿了一半而变得像面巾纸一样柔软，但印刷在上面的墨迹还在。

"我还发现了这些。"维塔说。此时，外公还在用双手捧着相片，于是维塔把文件递给了妈妈，并说道：

"妈妈，给你。这些是在烟囱里的保险箱里藏着的。"

妈妈瞪了维塔一眼，双眼圆睁，重新变得怒气冲冲。"烟囱里的保险箱？维塔，你到底去干了什么——"话音未落，但当看到文件上印着的字时，她像是突然挨了一巴掌似的，没再讲下去。她小心翼翼地从维塔手中接过那几张纸，把它们摊开在舞台上。

"这是什么？"维塔问道。

"哈德逊城堡的地契。"妈妈说道，"索罗托雷没有哈德逊城堡的地契。"妈妈的脸上洋溢着突如其来的神采。"他从来不曾拿到过地契。"

过了好一阵，喧闹声才渐渐平息下来。妈妈和外公坐在一起，轻声地快速交谈着，外公的手仍然因为震惊和喜悦而颤抖着。拉扎伦科夫妇俩和卡瓦扎仍然显出困惑的神情，他们的眼中充满疑虑和愤怒。

"我们需要你们从头讲起。"拉扎伦科夫人说。

"现在就说。"拉扎伦科先生说。

塞缪尔和阿尔卡迪看着维塔。希尔克则看着自己的双手。

"你来说吧。"阿尔卡迪说,"是你的计划。"

"从为什么讲起吧。"拉扎伦科夫人说。

维塔发现自己竟然一时语塞。一切都是显而易见的,维塔想。大家都会这样做,都会为自己所爱的人而战。想到这里,她摇了摇头。

"那就从如何行动开始吧。"卡瓦扎说,"还有发生了什么。"

维塔点点头。她讲述的时候,只看着外公。维塔觉得这样才会让自己更自在一些。外公的眼睛里闪着绿宝石般的光芒。

"我想,故事是从那本红色笔记本开始的,一切都源于我的计划。"

"这听起来不像是开始,小坏蛋,从真正的开始讲起。"

于是维塔从最最开始说起,从她曾曾曾外祖父和他的城堡讲起,一路讲到守在自己病床旁的外公,讲到索罗托雷的为人和他那些其他任何人连想都不敢想的谎言。

维塔描述了希尔克手脚麻利的偷窃技艺。希尔克微微摇了摇头。也许是出于尴尬、羞耻、愤怒，或者三者兼有的原因，她阴沉着脸，面朝墙壁盯着前方。拉扎伦科先生却听得眯起了眼睛。

维塔描述了阿尔卡迪对鸟、狗和马的控制能力，以及动物似乎总能感受到他身上深藏的柔情。维塔告诉众人，她看到阿尔卡迪骑着莫斯科在街上飞驰。卡瓦扎听着，不由得直撇嘴角。

维塔描述了塞缪尔爬上城堡围墙的样子，描述了塞缪尔从吊灯上飞越而起，仿佛地心引力对他失去了作用。塞缪尔吸引了叔叔的目光，他低下头躲开了，转过身面对着墙壁。

"在吊灯上荡来荡去！"外公说，"真棒啊，太棒了！"

故事讲完了，全场一片安静。

拉扎伦科先生看着希尔克。"姑娘，"他唐突地说道，"能让我看看你的本事吗？让我看看是不是真的？"

"你能答应我，你不会报警吗？"希尔克说，"我做的事情是违法的。"

拉扎伦科先生点点头，不过从他的眼神中似乎可以看出，他既不相信，也不以为然。

希尔克转头看着朱丽娅，轻声说道："您能借给我一枚硬币吗？"

朱丽娅在口袋里摸了摸，掏出一枚一角硬币。

"能麻烦你们坐到第一排去吗？那样容易一些。"希尔克说。

大人们彼此面面相觑。拉扎伦科先生嘟囔了一声，大家从希尔克身边鱼贯而过，坐到了大厅的第一排座位上。希尔克拽直了裙子，用手指随便梳了下发辫的辫梢。孩子们跟在大人后面，希尔克独自站在舞台边缘。

希尔克举起一角硬币，双手合十，然后张开手指，硬币不见了。大人们礼貌地鼓了鼓掌，眼神中却没有流露出叹服。维塔忍住不笑，期待地咬着嘴唇。

希尔克耸了耸肩。"硬币就在我的袖子里，你们可能猜到了。"她害羞地对维塔的妈妈笑了笑，并说道，"马洛夫人，您能帮我一下吗，随便写点什么？"

维塔的妈妈伸手去拿胸前口袋里的钢笔。她打开笔帽，看了一眼，整个身体突然僵住了。

"她把我笔里的笔芯拿走了。"维塔的妈妈说。

希尔克微微一笑，笑容几乎令人无法察觉。"拉扎伦科先生，劳驾你看一下你右脚的靴子里，有一条属于维塔外公的丝巾。"

拉扎伦科先生弯下腰看了眼靴子，从靴子里抽出一条鲜红的丝巾。而维塔的外公震惊地看着自己的衣领。

"但，这不可能——"

"威尔斯先生，"希尔克轻声说，"你可以看看左边的口袋吗？"

维塔的外公从口袋里拿出一枚金戒指，目瞪口呆地看着它。

"那是我的！"卡瓦扎说道，"那是我的图章戒指！"

"O Bozhe（天啊）。"拉扎伦科先生轻声说，他转头看着孩子们，脸色渐渐缓和了下来。那一瞬间他看起来很像阿尔卡迪。"你们还藏着什么惊喜？"

金色舞厅空无一人，里面只有莫斯科和科克。阿尔卡迪领着观众们走进去，莫斯科和科克马上跑过来舔舐着男孩，以示欢迎，拉扎伦科先生被狗吓得惊呼声连连，而阿尔卡迪却毫不理会，他突然打开窗子，把身子探出窗外，吹起了那尖锐而悠长的口哨。

顿时，鸟儿像暴风雨一样从天而降，它们从每扇窗户里鱼贯而入，空气中充满了羽毛和鸟儿叽叽喳喳的歌声。

拉斯科在阿尔卡迪的头顶盘旋了几圈，然后落在他的肩膀上。瑞姆斯基从附近的一棵树上飞了过来，咕咕地叫着，并且还咯咯地发出嘶哑而低沉的笑声。鸟落在了外公的胳膊上，外公兴奋地大喊了一声。

阿尔卡迪又吹了一声口哨。又过了 5 分钟，每一秒都有更多的鸟儿飞进来。鸟儿涌向他，争先恐后地挤向他的肩膀。鸽子落在手臂上，好像变成了阿尔卡迪的一只袖子，一只知更鸟落在他的肩膀上，一只蓝色的山雀则栖息在他的头顶。

拉扎伦科先生在一旁看着并问道："这是什么？"

阿尔卡迪有些不自信地冲他父亲咧嘴一笑："这就是我想要的。不只是贵宾犬，爸爸，也不只是马，我什么都想要。狗、马和鸽子，还有松鼠、老鼠和乌鸦。所有这些被人们忽视的动物。我希望它们一起跳舞，我希望人们来看它们表演，好好看看。我希望做出一些全新的东西。舞台的中央会像密林深处一样。这一切，你能想象吗？"

拉扎伦科先生仍然抬着眉毛，尚未回落到脸上原有的位置。拉扎伦科夫人则微笑着，那笑容中的自豪之情足以照亮整座城市。

"这几个孩子有点能耐。"拉扎伦科夫人不是对房子里的其他人说的，而是对丈夫说的。多年的相处，使拉扎伦科先生只需看妻子一眼，便心领神会。

拉扎伦科夫人歪着头问了个问题。拉扎伦科先生则缓缓地点了点头，动作慢得仿佛在鞠躬似的。

"怎么了？"阿尔卡迪问道。

"一个剧团。"拉扎伦科先生说。

摩根·卡瓦扎举起了手，说道："别这样，尼古拉（尼古拉是拉扎伦科先生的名字），别带上塞缪尔。"

"摩根，别轻易下论断。"拉扎伦科先生说道。他转头看着希尔克，希尔克正站在一边，抚摸着科克的大脑袋。"姑娘，如果我们邀请你加入马戏团，你愿意吗？"拉扎伦科先生问道。

　　希尔克不解地盯着拉扎伦科先生，问道："您说什么？"

　　"我会找人来训练你，我可以让你成为这个大陆上最伟大的魔术师。你可以学习逃脱术，你已经会撬锁了。人们会排着队让你拿走他们口袋里的钱。"

　　闻听此言，希尔克因为震惊，身体直往下瘫，差点儿没有站稳。这是维塔第一次见她说不出话来。

　　"我不知道，我不知道，我只是不……"希尔克无助地转身看着其他三个小孩儿。他们的眼神给了希尔克极大的勇气。希尔克深吸一口气，抬起下巴。尽管她已经很高了，但在那一刻，她好像又长高了 3 英寸。"我答应。"她说，"我愿意加入。"

　　"我应该去找谁呢？谁对你负责？你的父母在哪里？"拉扎伦科先生说道。

　　希尔克摇摇头，说："我没有爸爸。我妈妈很早之前就死了。"

　　"有家人吗？"

　　"没有。"希尔克说。她又一次看着阿尔卡迪、塞缪尔和维塔，目光停留在那边。"在今天之前，我从来都是孤零零的，但现在不同了。"

"那就组一个团队。"拉扎伦科先生说道。

"如果剧团里有人能飞，那么这个剧团一定会驰名千里的。"麻衣子说道。

"动物华尔兹，"拉扎伦科夫人说道，"扒手，加上一个扔飞刀的。"

维塔努力说服自己：这一切都不是梦。前一晚的疲乏折磨着她，同时身边想要吃掉她头发的马使这一切显得更不真实。但一听到这话，维塔猛地转过头来，盯着拉扎伦科先生。

"我？"

"没错。"拉扎伦科先生说道，他眼中透出商人特有的精明眼神，"马戏团可以成为一个幸福的家。你需要花时间练习，那可一点都不容易，但我相信你的能力绰绰有余。"

拉扎伦科夫人感到又好笑又气恼，嗓子呛了一下，说道："尼古拉！维塔可不是一匹随意让人讨价还价的马。她可不仅仅是绰绰有余，她会很出色的。"

"维塔比出色还厉害。"外公说，"她自己就是一支军队。"

维塔看着妈妈和外公。

"妈妈?"维塔说道。

妈妈的表情很复杂,脸上出现了几十种维塔猜不透的表情,不过她可以看懂一些:自豪,怀疑,12年的呵护备至而带来的害怕失去的恐惧,然而妈妈的神情最后落在了爱上。"这是你想要的吗?"妈妈问道。

维塔环顾着宽阔的舞台。她想到了拉维尼娅夫人;想到了她的手中和眼中所展现出的那种登峰造极的优雅和精准;想到了自己弯曲的左脚、羸弱的小腿和不对称的鞋子;想到如果她站在舞台上,每天晚上都会有成千上万的人看到这一切。

她直起身,像个拳击手那样摆动了一下下巴。

"你同意了吗?"拉扎伦科先生问。

维塔脸上绽开了笑容。还没等维塔回答,阿尔卡迪就不耐烦地抢答道:

"当然是了!很早之前就决定了,我们早就是一个团队了。"

听到"团队"这个词,卡瓦扎举起了手。"不!"

他说道，"你们三个愿意的话，没问题。拉扎伦科，如果你的孩子想要学驯马表演的话，我会帮你训练你的孩子，也许他在这方面真是有点才华。但我知道你在想什么。我将拒绝你的请求，不要把塞缪尔扯进去，他是我表演的继承人，是我的责任所在，我发誓要照顾好他。我不会把塞缪尔扔到这个冷漠而残酷的世界里的。"

塞缪尔双臂交叉在胸前，独自站着。"我想飞。"他说，"我只想做这一件事，我知道这一点不容易，但我不在乎，一点都不在乎。"

"不可能！"卡瓦扎说，"你能爬墙还能在绳子上荡来荡去，那又怎么样？"

维塔根本没有看卡瓦扎，而是凝视着舞厅中央的塞缪尔。塞缪尔在秋千上练习空中飞人时，那同样清晰的表情再度浮现在脸上。

"不能怎么样。"塞缪尔说道。

"不能怎么样，不是说——"卡瓦扎说道。

"好吧，那好吧。"塞缪尔说，"叔叔，我知道你想保护我的安全。但那不够。当然，我知道那将非常艰难，世界是不公平的，而且我会比其他人更艰难。也许因为太难了，我会失败。"他伸开了交叉着的双臂。"但我还是要飞。"

他向足有三层楼那么高的窗口跑了过去。

"停下来！"卡瓦扎喊道。

但是塞缪尔没有停下来，塞缪尔的天性是不会停下来的。他脚踩在窗台上，纵身跃入空中。就在他将身体绷直并下落的时候，他抓住了从卡内基音乐厅外墙上伸出的旗杆，然后像奥林匹克体操运动员一样，在旗杆上面转了两圈、三圈。他倒立着停顿了一秒，脚尖直指天空。然后再次松开手，双臂紧紧交叉在胸前，在空中旋转着。最后，他从高处稳稳落在了一辆停在街边的车顶上，然后滑到了下面的人行道上。

等所有这些动作完成，塞缪尔还向大家鞠躬致意。

卡瓦扎呆呆看着纽约的街道，看着街上来来往往奔忙的人们，看着那个丝毫引不起人们注意的报童在挥舞着报纸，还有人流中的塞缪尔——他独自站在那里，昂首挺胸，显出非同一般的风采。

维塔更加仔细地盯着报童，却只能看到报纸上的标题。上面写着"商人""哈德逊"和"地狱"等字样。

一颗泪珠从卡瓦扎的脸颊上滚落。"塞缪尔会飞，"卡瓦扎说道，"他是一个会飞的男孩。"

第二十六章
新的开始

　　警察调查了火灾事故。如果不调查个水落石出，怎么能让真相大白呢？很快，一个关于城堡中的地窖失火，以及四个腰间插着飞刀、脚下生着翅膀的孩子的故事流传开来了。维塔把裙子上缝好的针线拆开，把藏在裙子里的图章戒指拿出来，交给了调查人员。

　　索罗托雷是在医院里被捕的。火势蔓延到城堡的其他地方之前，就被扑灭了。受灾最严重的是索罗托雷的头皮，他的头发几乎全被烧焦了，只剩下发红的头皮隐隐作痛。

　　一桩谋杀案的调查已经展开。索罗托雷的公寓被突击搜查了，警察发现了那堆文件和大量非法酿制的私酒。索罗托雷拥有的房产上发生的其他火灾也被重新调查。发生在18家不同的上市公司名下的欺诈性保险索赔，以及破坏建筑的行为，也统统被曝光。

迪林杰被警方跟踪并在一家地下酒吧遭到逮捕。在宣读他保留种种权利的时候，没人知道他是否足够清醒，并能够理解其中的含义。然而，如果仔细观察，那么人们也许会发现他露出了解脱的表情。

"玩火。"他说道，而且发出一种声音，不知是笑，还是哽咽。

"就这样，哈德逊城堡又回到你父亲手里了。"拉扎伦科先生对维塔的妈妈说道。他邀请维塔和她妈妈去卡内基音乐厅的更衣室里"谈生意"——很明显，拉扎伦科先生的财富正是谈生意谈来的。他招呼母女二人进门的时候，脸上显得容光焕发。"你们想住到城堡里去吗？"他问道。

"理论上，我们很愿意。"朱丽娅说道，"但人不是靠理论来活着的。城堡现在摇摇欲坠，我们会卖掉它。显然，观赏湖是很罕见的，这让城堡能卖个好价钱。有一些开发商对此有兴趣。"

"我想住在那里。"维塔说道,"我不在意。"

"为什么不呢?"拉扎伦科先生说道,"既然你愿意的话。"

"嗯,城堡快要塌了。"朱丽娅说,"虫蛀,风化腐朽,再加上屋顶漏雨。"

"我明白了。"

"而且,你知道,我女儿放火烧了地窖。"

拉扎伦科先生严肃地点点头。"没错,还有这件事。"然而他的眼中闪现出计划逐渐成形时的光彩。

"你知道,我想找个地方安顿下来。"他说,"我想找个地方过冬。阿尔卡迪需要一个固定的地方,和他的伙伴们一起完成训练,我已经让他四处周游太多年了。我想找一个地方培养年轻人,物色人才,我想建一所学校。"

"这我并不知道。"朱丽娅说。

"我在琢磨,也许在纽约北部的某个地方,"拉扎伦科先生说道,"在哈德逊河流域的某个地方,有一个可以让孩子们跑来跑去的空间。"他对着维塔笑了笑。"但我心仪的那个地方需要整修,需要有人来监督工程,还有在我不在的时候管理各种事务。说不定，你和威尔斯先生会对这项工作感兴趣的。"

"但……你根本不了解我。"朱丽娅说道。

"维塔那个有条理的大脑让我十分敬佩。据她所说，这是继承了您的基因？假设是这样的话，您还会怎么想呢？"

"假设？"朱丽娅说道，深深吸了一口气。"假设是这样的话，我想不出比这更好的办法了。"

"成交！"拉扎伦科先生说道，"让我来写一张不需要假设的支票吧。"

大家一致同意，镶着"IMPERIUM"的乌龟不需要还给它的主人。

在众人疑惑的目光下，外公拿着维塔的护照去了警察局，向他们解释，说他们扣留的另一只乌龟是他外孙女的。所有权的证明就在乌龟的背上，上面用红宝石拼着她的名字。

阿尔卡迪用维塔的镊子，从两片龟壳上小心翼翼地取下宝石，并倒在她手心里。就像索罗托雷的许多东西一样，它们原本并没有看上去的那么值钱，不过是为了炫耀罢了。但那些钱还是足够他们买下一头小象，把它放到船上，然后运送到印度的动物保护区。在那里，没有人会用带铁钩的棒子来骚扰它，它可以无拘无束地待在它出生的地方，待在那片墨绿色的森林中和高高的天空下。

　　他们从卡内基音乐厅出发的时候，已经是春天了。他们步行到火车站。这一次，纽约终于停下了急匆匆的脚步，回转身，然后目送他们离开。一名侍者抠着鼻子僵住了，还有两个年轻人放下公文包，直愣愣地望着他们。一个差不多和拉布拉多犬一样高、正在蹒跚学步的孩子高兴地大叫了一声，然后跟在他们身后，沿着街道向前奔跑。

　　他们穿着五彩斑斓的衣服走着。阿尔卡迪穿着一身红色的衣服。科克紧跟在他后面，如果他太关注走在另外一边的两条德国牧羊犬，科克就会轻轻咬他的手。两只乌鸦分别落在他的肩膀上。没有人骑莫斯科，它系着白丝带，跟在阿尔卡迪后面，偶尔用鼻子蹭蹭阿尔卡迪的耳朵。

希尔克穿着杂技演员的紧身连衣裤，上面套着修身羊毛开衫，下面则是小短裙，这是她的训练服。她拒绝把这些衣服脱下来，因此，其他人每次都得费好大力气，才能把这些衣服从她身上转移到洗衣机里头去。她刚刚洗过的头发梳理整齐，垂到腰间，在远处的阳光照耀下，闪着白金色的光芒。

朱丽娅·马洛和摩根·卡瓦扎走在外公的两旁，扶着外公。

塞缪尔穿着汗衫，天蓝色的裤子和一双黑色的训练鞋。他还是一副谨慎小心的样子——直到他离开这个世界的时候，也还是这副样子（他并没有获得他应得的世界级名声，但他并不孤单。他的孙子在他去世后一年，成了卡内基音乐厅的舞者）。那天，作为一个懂得如何飞翔的人，塞缪尔的脸上挂着这种人特有的表情。他没有走在人行道上——他将这个值得铭记的日子深深刻在了脑海里——而是从一个灯柱的顶端跃到另一个灯柱的顶端，从汽车的车顶滑翔而过。他在飞。

维塔穿着红色丝面靴子和红裙子，脖子上挂着那条绿色玻璃项链。

他们在中央车站上车，占了整整一节车厢。那匹马引发了小小的骚动，但这不算什么大事。

当火车驶进明亮的阳光下显得有些陌生的站台时，孩子们不由自主地望着维塔。但她向后退了一步，外公拄着拐杖，迈着大步向前。

"这边。"他们爬上出租车，随后车就沿着道路向前驶去。莫斯科驮着阿尔卡迪跟在一旁，科克和两条德国牧羊犬在后面小跑着。他们刚刚驶入土路，便下了车，然后步行经过一株株蔷薇花和一只只鸟儿。蔷薇花的花瓣正一片片落到泥土中，在众人头顶上方的鸟儿正一唱一和。

维塔朝阿尔卡迪、希尔克和塞缪尔咧嘴一笑，随后从他们身边走开，跟上外公的步伐，挽住他的胳膊，和老人走在一起。

"小坏蛋，"外公低声说道，"如果我做不到呢？"

"做不到什么？"

"没有她在身边，如果我无法走进家门，那该怎么办？"他抬头看着湖对面的城堡，说道，"她在哪里，家就在哪里。我怎么可能抛下她一个人回去呢？"

维塔没有说话，因为不知该说些什么。她只是把外公的胳膊抓得更牢。

一行人坐上了船。到了码头之后，他们下船朝花园的大门走去。外公双腿颤抖，伸出手扶住大门，以便稳住自己的身体。他抬起一只脚，却又放下了。

维塔突然担心起来，害怕外公没办法走进去，害怕外公的腿和心没有办法支撑他向前。维塔往前走了一步，外公则掏出胸前口袋里的那张相片。

"你和我一起走吧，我的女孩。"老人说道。

丽兹仿佛在照片中对外公扬了扬眉毛。

于是老人笑了笑，走进了花园。花园中五彩缤纷的鲜花怒放着，一朵朵红色的玫瑰则跃出了墙头。

他们沿着小径，朝着有围墙的花园走去。维塔和外公走在前面，身后是妈妈，再后面是马戏团成员。他们走了进去，喷泉正喷着水，水从玫瑰花海中奔流而下，喷泉前面立有一块碑石。

大家默不作声。然后，维塔将上面的字念了出来：

"伊丽莎白·艾尔莎·威尔斯。吾爱，吾爱，吾爱。"

外公垂着头站在原地，一颗泪珠从他的脸颊上滚落，湿润了干燥的地面。

塞缪尔先动身。他慢慢将双手插入泥土里，以步行的速度，在花丛中无声地做起了后空翻。阿尔卡迪跟在他后面，再后面是希尔克。于是，总是用手和脚交流的三人组在花丛中跳起舞来，好像他们又一次创造出无畏之举。

外公紧紧挨着维塔的肩膀，依靠她的力量挺直身子。尽管维塔的左腿抖了一下，但是她仍然稳稳地站在原地。老人看着那块碑石，仿佛要记住上面的每一道划痕和线条。老人转过身来，看着在草地上翻滚的孩子们，然后抬头望着他古老的家，最后低头看着他的外孙女。维塔也抬头望着老人，脸上流露出强烈的爱意。

"小坏蛋，看看你都做了些什么！"外公说道。老人把维塔推向正在跳舞的三个孩子，"加入到他们中间去吧。"

外公看着维塔离开了。维塔跳着，然后一瘸一拐地走着，把她脚下的泥土抛了起来。老人长时间地慢慢眨着眼睛。

老人闭上眼睛，又慢慢睁开。那是一双在荒凉的旷野中流浪，克服了重重难关，最后终于重新发现丰富宝藏的人的眼睛。

"多么了不起的事啊！"老人说道。"多么神奇，多么难以想象，多么令人难以置信的事啊！"然后，老人用手杖用力击打着夏日时光中的大地，开始朝城堡走去。

❀ 鸣 谢 ❀

我总是认为，下一本书写起来会容易一些，但我总是大错特错。这本书之所以能够存在，都是因为以下的这些人提供了帮助。我对他们的感激无以言表。

感谢艾伦·霍尔盖特，我在布卢姆茨伯里出版社（Bloomsbury）的编辑；感谢克莱尔·威尔森，我的代理人。我要向她们表达最诚挚的谢意。她们是如此敏锐、睿智和慷慨。能遇到她们是我职业生涯最大的幸运。

感谢每一位布卢姆茨伯里的同人，尤其是弗利斯·史蒂文斯（Fliss Stevens），感谢她一直大力帮助修改这个迷宫一般的文本。

感谢每一位美国西蒙与舒斯特出版公司（Simon & Schuster USA）的同人，感谢他们充满洞察力的编辑工作，是他们让维塔在纽约的旅程合理而可信。

感谢我的兄长，他永远都是最具善意的读者，感谢他指出我对逗号的过度使用；感谢我的父母，感谢他们总是给予我的一切。

感谢了不起的英国童书作者团队，尤其是凯特·多伊尔（Cat Doyle），阿比·埃尔芬斯通（Abi Elphinstone），基兰·密尔伍德·哈格雷夫（Kiran Millwood Hargrave），罗丝·蒙哥马利（Ross Montgomery），劳伦·圣约翰（Lauren St John），皮尔斯·托迪（Piers Torday），凯瑟琳·伍德芬（Katherine Woodfine），以及凯蒂·韦伯（Katie Webber）。

感谢我年轻的读者们，他们提出了超赞的建议，他们对这本书的善意远远超过了我所应得的。

感谢塞瑞·布鲁内尔（Cerrie Burnell），她校阅了我的初稿，我万分感激她的善意。感谢托罗托·塞麦斯（Tlotlo Tsamaase）和马科斯·瑞姆托（Marcus Ramtohul），他们具有高度的洞察力和敏锐眼光，是我的知心读者。

感谢迪米特里·列维京（Dmitri Levitin），我的俄语权威专家；感谢麦克斯·麦吉尼斯（Max McGuinness），我的纽约问题专家；感谢杰瑞米·塞斯（Jeremy Seysses），他保证了书里的坏蛋所喝的是最高档的葡萄酒。

感谢大猩猩马戏团 – 空中飞人学校（Gorilla Circus Flying Trapeze School）的空中飞人老师们，他们教会了我在空中身体倒置并用膝盖旋转的技巧。

感谢查尔斯·克利尔（Charles Collier），他和我在乡间走了 100 英里，谈论被盗的宝石和不守规矩的孩子们，给我讲述我从前一无所知的很多故事。

❉ 译后记 ❉

这是一个把被偷走的东西偷回来的故事。

维塔最最亲爱的外公受人蒙骗，失去了承载着对已故妻子回忆的甜蜜之家，一夜之间沦为无家可归之人。维塔发现，那个骗走了外公祖传城堡的索罗托雷是个黑白两道通吃的房产大亨。而维塔自己呢，却是个无权无势、腿脚都不甚灵光的小女孩。她要怎么做，才能帮助外公夺回本就属于他的一切呢？

维塔决心组建一支义贼队伍，潜入守卫森严的城堡，偷回其中的绿宝石，作为外公与索罗托雷对簿公堂的费用。她结识了扒手希尔克、想要成为空中飞人的塞缪尔和驯兽师阿尔卡迪等几个小伙伴。她在红色笔记本里一字一句写下周密的行动计划，却不得不一次次随机应变，凭借自己与小伙伴的勇敢、机智和各式独特本领化险为夷。

书中的冒险充满惊奇与想象，从街头飞驰而过的白马和那在空中飞荡的男孩仿佛诗与力量的幻化，而未遂的谋杀和城堡中熊熊燃烧的火焰则像是好莱坞警匪片的经典桥段。跟随着小主人公们的脚步，20 世纪 20 年代纽约曼哈顿的人情世相徐徐铺展开来。我们穿过中央公园外熙熙攘攘的街道，抬头仰望直入云霄、闪闪发光的摩天大楼，接着又在黑夜中潜入阴冷潮湿的地下隧道，从暗门混入禁酒令时期的地下酒吧，穿梭于形形色色的人物之中。

一边是肮脏破败，一边是奢华璀璨，纽约包罗万象。这样一本好书中存在着一整个可信的世界：朗德尔将刺激的奇遇密密地编织进城市的肌理之中，将想象的花与树牢牢地系在现实的根茎上。我们很快便被带入纽约的寒风中，风霜雪雨的真实划颈而过，主人公的命悬一线让我们屏住呼吸，他们的敏捷脱险又让我们振臂欢呼。

这也是一支属于边缘孩子的颂歌。四个孩子既非天赋神力，更毫无金钱权势，连伪装上流阶层都得靠去高档酒店失物招领处骗几件别人的衣服。四个人中，维塔患过小儿麻痹，因腿脚不便屡屡受到别人的侮辱；希尔克靠从富翁口袋里偷东西维生度日，时常担心会被抓住，送进福利院去；塞缪尔满怀空中飞人的梦想，但因为自己的黑皮肤，很难得到社会的认可——毕竟，那是一百年前的美国呀；阿尔卡迪对自己的驯兽师生涯有远大抱负，但是得不到父亲的认可。这些本可以激起人怜悯与同情的孩子，到头来却只让人觉得肃然起敬，他们蓬勃的生命力，就像是那暴风雨后灰暗都市中的一抹亮色与暖意，照得周遭一片明晃晃的温暖。

　　势单力薄的孩子并非毫无恐惧。毕竟，他们的对手通过酒、房产与黑帮把控着城市的命脉。然而，当恐惧与爱合二为一，弱者就不再是毫无胜算。就像外公教育维塔的那样，愤怒与恐惧都可以成为我们的武器。再说，以弱胜强的故事从来最是好看。因为这样的故事，在可以被世俗估量的价值之外，让我们看到一种更广阔的力量。这种力量以勇敢、正直、友谊或是爱之名，从心底生发，蔓延开来，摧枯拉朽，使得不可能成为可能，使得弱者不弱，使得奇迹可以抵达其所在。

陈修远